シティポップ短篇集

Japanese Short Stories in the Era of City Pop

平中悠一 編

田畑書店

シティポップ短篇集

僕はなんだか、また街に出掛けるのが好きになってきた。いい加減なものだ。まだ浅い8月のたそがれ、街を行き交う人々はみんな、なんだかうきうきと、楽しげに見えた。辻々に。路地の片隅に。心地好いこの夕風の中に……手つかずのままころがっている、待っている、ハッピネス達を毀《こわ》すことなく掬《すく》い上げようとでもいうように。——夏を祝う人々。何気ない、でもしんそこ素的な出来事が、この身を待っているんだという、あの、根拠もない期待感——なんだかわくわくしてしまう、来るぞ、来るぞ、という、あのカンジ…。ときめきの刹那さも、人の想いの儚《はかな》さも。そんなのみんな、当然のこととして。

待ち構えているのは、永遠に続くハッピィ・エンドかもしれない。あるいは、指のはざまを零れ落ちる定めの想いかも……。そんなことは構わない。とにかくそれがなんであろうと、その足取りは、誰しもが、あたかも、まるで、きらめく世界へと急ぐ身であるかのようだった。そして、この時、僕もそうなんだと思うことができた。そんな、街の空気と、ぴたりと一体になることができた。そう感じることは、素的だった。彼女と一緒に。つまり、この時、僕と彼女もその人々の一員だったのだ。

——『ゴー・ゴー・ガールズ
（↕スゥイング・アウト・ボーイズ）』

目次

楽園の土曜日　片岡義男　7
秋の儀式　川西蘭　33
夏の午後　銀色夏生　43
マイ・シュガー・ベイブ　川西蘭　51
プリムズをくれた少女　沢野ひとし　127

かぼちゃ、come on！　平中悠一　135
バスに乗って　それで　原田宗典　201
テーブルの上にパンはないけれど、愛がいっぱい　山川健一　233
鎖骨の感触　片岡義男　259
【ライナーノーツ】
〝時代〟の終りと〝物語〟の始まり
――「シティポップ」と、同時代（一九八〇年代）日本の「都会小説」　平中悠一　283

カバー装画：Deisa Hidalgo
@_thedayss

楽園の土曜日

片岡義男

1

六月第一週の週末、あと五分足らずで午後五時だ。昨日から雨が降っていた。台風二号の接近による雨および風だったが、今日の正午を過ぎたときには、その台風はすでに単なる熱帯性低気圧に変わっていた。

雨は、まだ続いていた。一定した降りかたではなく、ときたま雨は止まった。そして、風のなかに、いつのまにかまた降っていた。気温も湿度も高く、吹いていく風のなかには、南方海上から台風が連れて来た甘い香りがあった。

今日のような日はアロハ・シャツが正解だったと、ステーション・ワゴンをひとりで走らせながら、山崎勇二は思った。袖《そで》のない黒いTシャツの上に、裾《すそ》を外に出して、彼はアロハ・シャツを着ていた。淡いブルーとくすんだピンクが、不思議なおだやかさをたたえつつ、華やかだった。

会社の建物ばかりが両側にならんでいる道路を、山崎は、法定速度以下でステーション・ワゴンを操っていた。車の流れが、どこか前方でつかえているようだった。

幅の広い歩道には、並木があった。緑の葉が雨に濡《ぬ》れ、歩道や路面は、雨によっていつもより色が濃くなっていた。

信号の赤が、緑の葉を背景に、鮮やかだった。横断歩道の信号で、山崎のステーション・ワゴンは止められた。両側から横断歩道を渡っていく人たちを、山崎は、見るともなく見た。めざしている建物は、横断歩道を越えたすぐむこうに、見えていた。古風な建物だ。歩道の内側の縁からのアプローチを兼ねて、ぜんたいが大きな半円となった階段があり、その階段の途中には、どっしりとした円柱が三本、立っていた。軽率な能率だけしか考えていないいまの建物に両側をはさまれて、その古風な建物の性格は、人にたとえるなら、気むずかしく頑固そうだった。

信号がグリーンに戻り、ウインド・シールドに雨と風を受けながら、山崎はステーション・ワゴンを発進させた。まえにいる黒いセダンのうしろについてゆっくりと走っていき、その古風な建物のまえで車の列を左へ離れた。

建物のまえまでいき、歩道の縁に彼はステーション・ワゴンを停止させた。エンジンを止め、ミラーを介してうしろを見た。両脚を前にのばして力を抜き、肩ごしにうしろのシートを見た。

黒いショルダー・バッグがひとつ、うしろのシートには置いてあった。

平井美佐子が、これから実家へ帰る。今夜、そして明日の土曜日の前半だけを、彼女は実家で過ごす。山崎は、その美佐子を、ステーション・ワゴンで実家まで送っていく。送っていくと同時に、彼も、美佐子の実家に今夜だけ泊まる。

美佐子には、姉がふたりいる。ふたりの姉たちも、それぞれいま住んでいる遠く離れた場所から、週末だけ実家に戻ってくる。実家には、母親がいる。父親は、美佐子が十七歳のとき、離婚した。彼はいまシンガポールにいて、再婚している。この週末、たいして意味もなく、三人の姉妹が、実家にひとりでいる母親のところに集まる。

美佐子は、いま、自分の自動車を持っていない。ふたりの姉たちは、持っている。そして、姉たちのどちらもが、いまの自分の自動車を妹の美佐子に譲ってもいいと言っていた。その二台の自動車を見にいくのが、実家で金曜日の夜を過ごす美佐子にとっての、唯一の目的らしい目的だった。

五時三分にはオフィスのある建物から外に出てくる、と美佐子は言っていた。いま五時ちょうどであることを、山崎は、ダッシュ・ボードの時計で確認した。

建物のまえの、大きな半円形の階段を運転席から見ながら、山崎は空想した。平井美佐子がこの階段を降りてくる様子を、彼は想像してみた。

彼女は、黒い靴をはいているだろう、と彼は思った。ほどよい高さのあるヒール、あるいは、低いヒールの、黒い靴だ。そして、ストッキングは、はいているのかはいていないのかよくわからないような色ではないか。そのようなストッキングと、黒い靴をはいた彼女の足もとを、山崎は空想した。

彼女は、きっと、階段を駆け降りてくるだろう。そのときの足さばき、駆け降りるテンポ、そして足音などを、彼は空想のなかでひとつにまとめてみた。

五時五分に、美佐子の姿が階段の上にあらわれた。建物の正面入口のドアは、階段の奥にかくれて、いま山崎がいる位置からは、見えなかった。

ごく淡いブルーの靴を、今日の美佐子ははいていた。色のよく合ったストッキングに、黒いスカート。そして、ほんのりとブルーに染めたような色調のシャツに、カーキー色のジャケットを、彼女は着ていた。いつもの、ABSプラスティック製の黒いアタシェ・ケースを、彼女は片手に下げていた。

階段の上から山崎のステーション・ワゴンまで、斜めにまっすぐ、美佐子は駆け降りた。助手席のドア・ガラスごしに、彼はその姿をながめた。姿の良さはなかなかのものだと、これで何度めとも知れない確認を、彼はひとりでおこなった。

階段を駆け降りた彼女は、ゆっくり歩いて、歩道の縁まで出てきた。うしろのドアを、山崎は内側から開いた。美佐子は、うしろのシートに、滑りこむように入ってきた。

「どうもありがとう」

彼女は、ドアを閉じた。指先でロック・ボタンを押し下げ、

「いっしょにいけるのかしら」

と、山崎にきいた。

「いくんだよ」

「これが荷物ね」

シートの上のショルダー・バッグに、美佐子は片手を触れた。

「そうだよ。きみは？」

「私は、これ」

膝《ひざ》に横たえたプラスティックのアタシェ・ケースを、美佐子は指先で軽く叩《たた》いてみせた。

一体成形の、ただ単なる箱のような、ごく簡単な作りのケースだ。彼女はこれが気にいっていて、いつも持ち歩いている。ぜんたいの形には、よく見るとエスプリがあり、彼女が持つとなにか特別なもののように見えることが多かった。

「実家へいくのだし、一日泊まるだけだから」

「仕事は、終わったのかい」

「今日は、もう、終わり」

「出発しようか」

「しましょう」

美佐子は、ジャケットを脱いだ。その一瞬、彼女の香りが、ほのかに漂った。

山崎は、ステーション・ワゴンを発進させた。

「このまま、むかっていいのかな」

「どうぞ。この雨の街を、早く離れましょう」

「湿度が高いね」

「それ、きれいなシャツだわ」

「涼しくていいよ」

車の流れのなかにステーション・ワゴンを横滑りのような動きで割りこませ、山崎は道路の両側にならんでいる建物を見た。この光景をしばし置き去りにすると思うと、変わりばえのしない光景ではあっても、ふと風情のようなものを感じないわけではないなと、彼はひとりで思った。

「今日は、八時から、びっしりと仕事だったの」

と、美佐子が言った。

「それは、大変だ」

「母には、電話しておいたわ。いちばん上の姉は、もう到着しているのですって。私がどんな男性を連れてくるのか、みんなで期待してると言ってたわ」

「ご期待にそえるかどうか」

「今日、一泊するだけだから」

「うん」

「明日は、午後には東京へ戻ります」

「ぼくも」

平井美佐子の実家まで、高速国道を走り続けて、東京から二時間かかる。

2

高台の坂を登っていくと、その頂上の近くに、美佐子の実家の建物があった。広い敷地の奥に、堂々とした日本建築の建物が平たく広がり、樹のたくさんある庭が、その建物をとり囲んでいた。

「門が開いているわ。車は、あそこから入るの」

美佐子の指示どおり、正面の門から、山崎はステーション・ワゴンを敷地のなかへ入れた。入ったとたん、広い屋敷の内部にのみこまれたような錯覚を、彼は覚えた。

「広い」

と、思わず、言葉に出た。

「ここに、いつもは、お母さんがひとりでいるのか」

「そうね。受験勉強をしている親戚《しんせき》の子供が、何日も泊まりこんだりしてるわ。それに、母の友人たちが、いれかわりたちかわり、泊まりに来たり。母の実家の所有なのよ。私は、両親が離婚してから、ここに住みはじめたの」

玄関までの広いスペースのあちこちに、それぞれまったく思い思いに、三台の自動車が停めてあった。からし色のクーペ、カーキー色のセダン、そして鮮やかなグリーンの、ステーション・ワゴンの三台だ。

「姉たちは、ふたりとも、来てるわ」

美佐子が言った。

「どこにでも、適当に、停めて」

「きみは、じつは、名家の娘なんだね」

「あなたは？」

「単なる庶民の子弟」

山崎の言いかたに、美佐子は笑った。巨大と言っていい桜の樹の下に、彼はステーション・ワゴンを停めた。桜の樹は、完全な葉桜となっていた。灰色の空にむけて無数の葉の重なりが重く広がり、雨を受けとめていた。

エンジンが停止し、山崎と美佐子は、ほぼ同時に、ドアを開いた。美佐子は、山崎のショルダー・バッグも、持って出た。

「これだけでいいのね」

「ありがとう」

外に出た山崎は、敷地を見渡してから、美佐子にむきなおった。右手の親指で自分を示し、

「こんな恰好《かっこう》でいいかな」

と、きいた。

「いいのよ。うちでいちばん自由な頭の持ち主は、母親だから」

ショルダー・バッグを美佐子から受けとり、山崎は美佐子とならんで玄関へ歩いた。美佐子が、桜の樹をふりかえった。

「先祖代々の霊魂が、あの桜の樹の下に埋まっているのですって」

と、美佐子が言った。

「では、いずれはきみも、そこに入るのだ」

美佐子は、声をあげて笑った。山崎に顔をむけ、いつもはめったに見せない、甘えたような表情を作り、彼を見た。そして、

「いっしょに来てくれますか?」

と、言った。

玄関のすぐわきの、和洋折衷《せっちゅう》のような客間に、美佐子は山崎を招き入れた。彼をひとりでそこに残し、どこかへ消えた。すぐに、母親といっしょに、戻って来た。美佐子は、山崎を母親

に紹介した。山崎は、丁寧に挨拶《あいさつ》をした。美佐子が母親によく似ていることを、山崎は、楽しく確認した。

似ているディテールのひとつひとつを視線で拾い出しては、美佐子もやがてはこのようになるのかと、五十七歳だという、そしてとてもそうは見えない、色香のまだ充分に残っている母親を、彼は興味深く観察した。

そのあと、美佐子は、山崎にあてがう部屋へ、彼を連れていった。静かな廊下を右に左に曲がった先の、離れのような雰囲気のある部屋だった。

「お風呂《ふろ》に入るといい、と母は言ってたわ。どうします？」

部屋の中央にあぐらをかいてすわった山崎を、そのかたわらに立って、美佐子は見下ろした。

「さあ」

「夕食は、準備がほとんど出来ているのですって」

「食べ終わったら、食器はすべてぼくが洗うからね」

「どうぞ。私は、シャワーを浴びるわ」

「きみといっしょなら、ぼくもシャワーを浴びる」

なかば冗談で彼はそう言ったのだが、美佐子は本気にした。冗談だよと言う彼の手を引いて立ちあがらせ、浴室までひっぱっていった。浴室の隣りにあるシャワー室で、ふたりいっしょにシャワーを浴びた。

部屋に戻って着替えをした彼を、再び美佐子が連れに来た。キチンに隣接している広いダイニング・ルームへ、美佐子は山崎を連れていった。

「ひょっとしたら、あなたは、私のお婿《むこ》さん候補なのよ」

廊下の途中で立ちどまり、美佐子が彼に言った。

「その可能性は、充分にあるね」

「でも、いまはまだ、そう決まっているわけではないの」

「もちろん」

うなずく山崎の手をとり、美佐子は歩きはじめた。

ダイニング・ルームも、和洋折衷だった。折衷のしかたに個性があり、その個性は、その空間のなかにいる人たちを、安心してくつろがせた。テーブルの上に、料理がならんでいた。

ふたりの姉に、美佐子は、山崎をひきあわせた。山崎が自分について手みじかに喋《しゃべ》ったあと、美佐子の母親は、

「芸術家が、ふたり」

と、美佐子の姉たちを示し、その手を自分を示して、

「普通の母親が、ひとり」

と、言った。それから美佐子に手をのばし、

「この人は、なにになるのかしら」

と、笑顔で言った。

「OLみたいなことを、やってます」

美佐子が、言った。

女性が四人、そして男性は山崎ひとりだけの五人で、夕食がはじまった。料理の作りかたや味のつけかたに、山崎は、おおげさでもなんでもなく、感銘のようなものを覚えた。きわめてあっさりした淡白な味のなかに、個性がひとつ、強い芯《しん》としてとおっていた。

母親が材料を吟味《ぎんみ》する役であり、その材料をもとに、どのような料理を組み立てていくかを、ふたりの姉が考えるのだと、美佐子は山崎に説明した。美佐子のいちばん上の姉は、名前のよく知られている染色家であり、その下の姉は、やはり名の出ている陶芸家だった。

夕食の時間は、楽しく続いた。それが終わり、食器をすべて山崎が洗った。洗いあがったのを美佐子が点検し、これなら合格だと、真面目《まじめ》な顔で言った。

場所を変えて、食後のエスプレッソを、五人は飲んだ。五角形の張り出し窓のある、ここだけはほぼ完全に洋風の部屋の、丸いテーブルを五人は囲んだ。そのエスプレッソを、美佐子が作った。五人分のエスプレッソを作ることの出来る機械があるのだと、美佐子は言っていた。

「小さなカップのなかの、ハッピー・エンディング」

と、いちばん上の姉が、ドゥミタスを顔のまえにかかげ、そう言った。

「夕食を中心とした幸せな時間の終わりに、このハッピー・エンディングがあります。小さなカップのなかの、ハッピー・エンディング」

ハッピー・エンディングの時間が終わると、あとは人それぞれの夜の時間だった。雨がほとんどあがっている庭を、山崎は、照明を頼りに、しばらく歩きまわった。美佐子は、風呂に入ると言っていた。

部屋に戻り、ひとりでぼんやりしていると、美佐子が来た。銀の盆の上に、エスプレッソの入った小さなカップをふたつ、載せて持っていた。

「欲しいでしょう」

美佐子が、軽くじらすように、そう言った。

「あ、飲みたい」

「そうだろうと思ったの。私も、飲みたいです」

美佐子は、浴衣《ゆかた》を着ていた。布に包まれた二本の脚を、きれいにそろえてゆっくりと膝から折っていき、山崎のかたわらに彼女は正座した。ドゥミタスの載っている盆を、彼に差し出した。

受けとった彼は、それを丁寧に畳の上に置いた。そして、

「下にも置かぬおもてなし」

と、言った。

膝の上に両手を置いた美佐子は、美しく背をのばした。髪のつくりが、浴衣に合うように直

してあった。つくづくと、その彼女を、山崎は見た。

「なるほど。そうだったか」

ひとりで、彼は、納得《なっとく》してみせた。

「どうしましたか」

「名家のお嬢さんとは、きみのことだ」

「まさか」

「きみの浴衣姿を見るのは、はじめてだ」

「昨年の夏、京都の宵山《よいやま》につきあってくれたなら、そのときに浴衣姿を見ることが出来たのよ」

「あれは、残念だった」

「あなたは、仕事を優先させたわ」

「ぼくひとりだけのスケジュールではなかったから。何人かの人たちとの、共同のスケジュールだった。ひとりなら、文句なしに、ぼくは京都へいったはずだ」

「暑い日だったわ。夜になると、たいへんな人出で、もっと暑くて。汗が流れ落ちる私のうなじを、あなたは見そこなったのよ」

「残念だ。今年は？」

「チャンスを作りましょうか」

「ぜひとも」

というような話をしながら、ふたりはエスプレッソを飲んだ。

「素敵なお母さんだね」

「私は、似てるでしょう」

「よく似たディテールが、いくつもある。ぜんたいがそっくり、というのとはすこしちがっていて、そのほうが面白い」

「客間で最初に紹介したとき、あなたは、母を観察しては、私とくらべていたわ」

「気づいていたのか」

「何度も見くらべていたわ」

「お姉さんたちも、素敵だ。みんな、魅力的な個性のある美人だね」

「お婿さんとしてここへ来たら?」

「考えなくもない」

「お風呂に入って」

「ほかの人たちは?」

「いいのよ。浴室は、別にもうひとつあるから。入って来て。さっきのシャワー室の、隣りのお風呂」

促されるままに、山崎は風呂に入った。檜《ひのき》を使った、端正な雰囲気の風呂だった。窓からは、庭の一部を見ることが出来た。姿勢を低くして窓の上端を視線でかすめると、夜空も見ることが出来た。

浴室から部屋に戻ってみると、部屋には布団が敷いてあった。布団の鮮やかな色は、よく出来た和室に、美しく調和していた。その様子を、山崎はながめた。そして、布団はふたつならべてあることに、気づいた。

しばらくして、美佐子が部屋に入って来た。ふたつならべてある布団を示して、

「なぜ?」

と、山崎は美佐子にきいた。

「どうしたの?」

「布団が」

「私が敷きました」

「ふたつ」

「いっしょに寝ましょう」

「まさか」

「いけないの?」

「家族全員の目が」

「だから、どうしたの?」

奥の襖《ふすま》へ歩いた浴衣姿の美佐子は、襖を開き、なかから行灯《あんどん》を取り出した。電源コードを壁のアウトレットに差しこみ、部屋の隅に行灯を配置した。明かりを、彼女は灯してみた。ライト・スイッチのある壁まで、美佐子は歩いた。そして、手をスイッチにのばし、部屋の明かりを消した。行灯のほのかな光だけが、部屋を微妙に照らし出した。行灯のかたわらまで、美佐子は戻っていった。きれいな動作でそこに正座し、山崎をまっすぐに見た。

「休みましょうか」

囁《ささや》くような口調で、美佐子は言った。

「この家の人たちは、みんな朝が早いの」

「ほんとに、いっしょに寝るのか」

「そうよ」

「ほかに、部屋は、いくつもあるはずなのに」

「いくつあっても、この部屋はこの部屋なのよ。かつて私がいつも寝ていた部屋だわ」

美佐子は、目のまえにふたつ横たわる布団を、手で示した。

「どうぞ、お先に」

「どちらが、ぼくなんだ」

「どちらでも」

「困ったねえ」

美佐子は、笑顔のままだった。

山崎は、浴衣を着ていた。その自分を、彼は見下ろした。

「この浴衣を、きみが見ているまえで、ぼくは脱ぐのか」

「お好きなように」

「脱ぐと、トランクス一枚だ」

微笑している美佐子に、さらに山崎はひとり言のように言った。

「脱ぐときの動作が、しどけないよ。はだける、という感じになるにちがいない。きみは、もう、寝るのか」

「はい」

「お母さんが、驚くだろう」

「慣れてるわ。姉たちふたりが、さんざん、びっくりさせたから。私も、そろそろ、こんなことをしてみせなくてはいけないの。そういう意味では、あなたが最初です」

「緊張するなあ」

「いつものとおりでいいの」

山崎は立ちあがった。浴衣を脱ぎ、丸めてぽんと投げ出し、体をかがめた。掛け布団の端を持ち、斜めにめくり、白いシーツの上にすわった。

「横たわって」

と、美佐子が言った。

言われたとおり、山崎は、体をあおむけに横たえた。

「布団を掛けて」

薄く軽い掛け布団で、彼は自分の体をおおった。美佐子は立ちあがり、布団の足もとをまわり、彼が横たわる布団のかたわらへ来た。腰を優雅に落とし、片膝《かたひざ》をつき、掛け布団に手をかけてほどよくめくると同時に、腰を横にしてなかへ滑りこんだ。

「駄目だわ」

と、美佐子が言った。

「動作が、早すぎたわ。もっとゆっくり、きれいな粘りをたたえて、動かないと」

美佐子が彼を抱きよせ、彼がそれに応え、布団のなかのふたりは抱きあった。

「どう?」

と、美佐子がきいた。

この短い質問は、今日の午後五時にあのオフィスの建物のまえで彼女をステーション・ワゴンに迎え入れてから、現在のこの瞬間に至るまでの時間がすべてとりこまれていることに、山崎は気づいていた。美佐子は、よくこのようなものの言いかたをした。

「こうなるとは、思わなかった」

「これでいいのよ」

「全員、みんなきれいで、しかもそれぞれに方向のちがった魅力があって。お姉さんたちは、ふたりとも、ほんとに独身なのか」

「しかるべき男性は、いると思うわ。家庭を持たないだけでしょう。家庭は、すくなくともいまのあのふたりにとっては、活動の邪魔ですもの」

「素晴らしい女系だね」

「来たら?」

「ぼくは、自信がない」

「どうして?」

「目移りするにきまってる」

「いいわよ。どうぞ」

「お姉さんたちが、素敵だ」

「どちらでも、好きなほうを」

「お母さんも、素晴らしい」

「口説《くど》いてあげて」

「きみも、捨てがたい」

「私の浴衣を脱がせて」

帯をさぐりあてて解いた彼は、美佐子が肩をすぼめる動作にあわせて、片方の肩ずつ、浴衣の肩をうしろへ滑らせ、脱がせた。美佐子は、彼の腕のなかで、やがて裸となった。

「どう?」

再び、美佐子が、きいた。

「楽園にいるようだ」

山崎が、答えた。

「しかも、土曜日だし」

「まだ金曜日よ」

「そうか。今日は、金曜日か」

「でも、おなじようなものだわ」

「楽園の土曜日」

山崎の言葉に、美佐子は笑った。

3

次の日の朝食は、美佐子と山崎がもっとも遅かった。しかし、山崎にとっては、いつも自分ひとりで食べている朝食にくらべると、二時間以上、早かった。

「まだ雨が降っているわ」

コーヒーをとりに立った美佐子が、広いダイニング・ルームのむこうから、山崎に言った。

朝食のあと、ふたりは玄関の外に出た。美佐子の姉たちが、それぞれの自動車のなかにいて、なにかやっていた。雨は、止まっていた。母親のステーション・ワゴンも含めて三台の自動車を、美佐子は山崎といっしょに、見てまわった。

スポーツ・タイプのクーペも、そして重厚な雰囲気のカーキー色のセダンも、そのボディぜんたいに、雨滴を無数に宿していた。微妙な色は雨に濡れて洗われ、雨の日の光のなかで、静かに艶《つや》をたたえていた。ふたりの姉は、買ってくれるなら格安にすると言いつつ、かなりの値段をそれぞれの自動車につけていた。

美佐子は、母親のグリーンのステーション・ワゴンを、もっとも気にいった。おなじくステーション・ワゴンであるという理由から、彼女は、山崎の車も、あらためてながめた。これはこれで、あなたが持っていればいいと結論した美佐子は、カーキー色のセダンを新幹線の駅まで運転していきたいと、山崎に言った。

彼女は、新幹線で東京へ帰る。駅まで彼女を送り、山崎はそのセダンでここへ戻って来る。そして、自分のステーション・ワゴンでひとりで東京へ戻る、という予定を作った。

美佐子はすぐに支度をととのえ、玄関に出て来た。母親に見送られ、助手席に山崎が乗って、美佐子は実家の敷地を出ていった。

陶芸家の姉が乗っているそのセダンは、室内が泥だらけだった。

「土を、これで運んで来たりするのよ。雨が降らなければ、外側も、泥まみれなの」

都会で普通に乗るには、このセダンは自分には重厚すぎるという結論に達し、新幹線の駅で美佐子はセダンを降りた。山崎は、彼女の実家へ、ひきかえした。

染色家の姉はもう家にはいず、陶芸家の姉は、セダンに荷物を積み、すぐに帰っていった。山崎は、美佐子の母親とふたりだけとなった。

「エスプレッソでも」

余裕をたたえて、彼女がそう言った。

張り出し窓のある洋間で、彼は美佐子の母親とふたりで、エスプレッソを飲んだ。彼女は、話し相手としてたいへんに楽しかった。世間話をひとしきり以上交わしてから、山崎はその家を辞した。

東京へ帰った山崎は、その日の夜、美佐子の部屋に電話をしてみた。美佐子は、部屋にいた。

「なんだ。いるのか」

「母は、あなたに、エスプレッソを勧めたでしょう」

「すぐ上のお姉さんがあのセダンで帰っていったあと、ぼくはお母さんとふたりで、エスプレッソを飲んだ。楽しい人だ。きみの幼い頃の話を、いろいろ聞いたよ」

「半分は、作り話なのよ。話を作るのが、母はうまいの」

「いっしょにあの部屋でエスプレッソを飲んでいて、ぼくは、危険なものを感じた」

「危険なもの？」

「ふと、手でも握られたなら、ぼくは、なすすべを持たなかっただろう」

山崎の言葉に、電話のむこうの美佐子は、声をあげて笑った。

「いますぐ、母に電話して、伝えておくわ」

「すべては、つつ抜けとなるのか」

「そうよ。楽園の王様は、母なのだから」

「結局、自動車は、どうするんだい」

「なしですませるわ。ないほうが、いいのよ。どうしても必要なときには、あなたのを借ります」

「いつでも」

「借りるとは、あなたごと借りる、という意味です」

美佐子の口調のなかに、彼女の母親とよく似た部分を聞きとりながら、

「いつでも」

と、おなじ言葉を、彼はくりかえした。

秋の儀式

川西　蘭

週末の午後、買い物がてら散歩に出掛けて、洋書屋に隣り合わせたカフェでお茶を飲むのが、ぼくの習慣だ。

街路樹が豊富な通りを歩くいろんな人たちの姿を眺めていると、時間がたつのを忘れてしまう。もっとも、こちらはお茶を飲んでいるところを動物園のクマみたいにさらしているわけだけれど。

彼女に会ったのは、一年前のことだ。

とても天気の良い、秋の午後だった。空はすっきりと晴れ上がり、湿気のない涼しい風が街を吹き抜けていた。

ぼくはいつものようにテラスのテーブルでコーヒーを飲んでいた。夏物のシャツの上にジャケットを着ていたから、少し寒かった。

「ここ、座っていいですか?」

女の子の声がしたと思ったら、テーブルに古い画集が置かれた。洋書屋がバーゲンで店頭に並べているものだった。カバーは日焼けして、ところどころ破れかけ、ほこりがうっすらと積もっている。そんな画集だった。

ぼくはうなずいて、自分のコーヒーを手前に引き寄せた。

「どうもありがとう」

にっこりと笑って、彼女は席についた。

艶やかな髪が肩まで伸びている。濃い茶色のセーターとロング・スカート、ピカピカに磨かれた黒い靴を履いていた。地味だけれど、秋の匂いが漂うスタイルだった。

紅茶を注文すると、彼女は学生カバンのようなバッグから、ハサミとペンと手帳を取り出し、メガネをかけた。

運ばれてきた紅茶を一口飲んでから、彼女は画集を開き、ハサミでじょきじょきとハガキくらいの大きさに切り分け始めた。少しの時間で十枚くらいのハガキが出来上がった。

「気になりますか?」

二枚のハガキに短い文を書き終わった時に彼女と目が合った。あわてて視線をそらそうとしたけれど、もう遅かった。

「ちょっとね」とぼくは言った。「でも、気にしないで」

ええ、と彼女はうなずいた。見られていることを不快には思っていないようで、ぼくはほっとした。

彼女は十二枚の絵ハガキを書き終えた。

ぼくはその間、街路樹の葉むらから漏れる金色の陽光や彼女のほっそりとした手を眺めていた。

「近くに郵便局はありませんか？」

ハガキを揃えてから、彼女が訊いた。

場所を説明したけれど、込み入っていて、分かりにくいようだった。

「一緒に行ってあげようか？」

「いいんですか？」

「すぐ近くだからね」とぼくは言った。

彼女は微笑を浮かべて、うなずき、手帳を開いて宛名を書き始めた。きちんとした綺麗な文字だった。

「ボーイフレンドなの？」

おじさんぽいなと思いながらも、訊いていた。

「違います」と彼女は首を振った。「一年間に出会った人」

八百屋のおじさんとかプールの監視員とかヘア・サロンのお兄さんとか、ちょっとした親切をしてくれた人。

「お礼状?」

「そうですね」

彼女はペンを置き、まっすぐにぼくを見た。とりたてて美しい女の子ではないけれど、目には光があり、肌は滑らかで、微妙に変化する表情はとても魅力的だった。

「律儀なんだね」

「だって、突然誰かからハガキを貰ったら、嬉しいでしょう?」

そんな経験はぼくにはなかった。突然貰うハガキは大抵何かを買わせようとするダイレクト・メールだ。

「まあ、そうだろうね」

ぼくは言った。カップの底に残っていたコーヒーは冷めていて、苦味が舌に残った。

「親切にしてくれた人が喜んでくれたら、嬉しいでしょう?」

まあ、そうだね。

「それに」と言いかけて、彼女は口を閉じた。路上の落ち葉がカサカサと音をたてて舞った。

「私の趣味みたいなものだから」

小さな声で言ったあと、彼女は恥ずかしそうに自分の趣味を話し始めた。

朝起きて、秋だなって思う時があるでしょう? そんな日は仕舞い込んでいたセーターを着るの。夏の間ポニー・テールにしていた髪を下ろして、街に出て、気に入ったカフェで『親切にしてくれた人リスト』に従ってハガキを書いて投函するわけ。

それが彼女の秋の儀式だった。

「変かな？」

「変ではないよ」

ぼくは言った。

彼女はにっこり笑うと、ハガキに切手を貼り始めた。指先に水をつけて、丁寧に切手を貼る。名前を見て、その時に起こったことを思い出しているのか、微笑したり、眉をしかめたり、考え込んだり、様々な表情を作った。何だか親切な人たちばかりが出てくる短かい映画を観ている気分だった。

カフェを出た時には、もう陽が傾きかけていた。樹木や人の影が長く延び、赤い光はどことなく物悲しさを感じさせた。

ぼくたちは肩をならべて、郵便局までの数百メートルをゆっくりと歩いた。あまり言葉も交さなかったし、もちろん、手をつないだりもしなかった。けれど、初めて女の子とデートをした時のような胸がほんの少し痛む感じがした。それはぼくにとってとても懐かしい感覚だった。

「これ、受け取って下さい」

赤い郵便ポストに手製の絵ハガキを一枚ずつ入れたあとで、彼女はぼくにハガキをくれた。

表は印象派の画家が描いた有名なハスの絵の一部で、裏には短い文が綴られていた。

元気ですか？　私は元気です。

たぶん、『親切にしてくれた人リスト』に載っている人に送られたハガキと同じ文面なのだろう。

「ぼくは来年分じゃないのかい？」

ううん、と彼女は首を振った。艶やかな髪の毛が夕暮れの陽射しのなかで輝いた。

「明日からが来年分」

ぼくはハガキを文庫本のなかに挟み込み、彼女は分厚い画集を抱え直した。

ほんの少し間があった。

何か言いたげな彼女を見つめながら、これから食事にでも誘った方がいいのではないか、とぼくはぼんやりと考えた。

「どうもありがとう」

彼女が手を差し出した。

ぼくはそっと彼女の手を握った。すべすべした冷たい手だった。ひんやりとした感触は体の奥にまで染み渡り、汚れを洗い流していくようだった。

さようなら。

両手で画集を抱えて、彼女は歩き始めた。夕暮れの光が一瞬金色に輝いた気がした。彼女は街路樹の影が作る斑模様のなかをゆっくりと立ち去って行った。

彼女の姿が見えなくなると、ぼくは深呼吸をしてから、部屋に向かった。

彼女から貰った絵ハガキを壁にピンで留める頃には、あたりはもうすっかり夕闇に包まれていた。

夏の午後

銀色夏生

私は海の底にいる、のかと思っちゃった。

土曜の午後、台所でスパゲッティを作っていた時だ。

ものうい夏の光線。

真っ赤なトマトを三個。薄い皮をむいて半分に切ったのを、手でぎゅっとにぎりしめてタネをだす。トマトの感触、つめたく、重い。

沸騰《ふっとう》したナベの中に麺《めん》をいれる。

タイマーの9を押す。

窓から見える空き地には、ザワザワと夏草がしげり、太陽の光を反射してところどころ白く光っている。

私はあの人の恋人だと、なぜ思い込めたのだろう。

あの人は私に何も言わなかった。好きだとは言ったけど、それはただその時そう思ったからだったんだ。

女の人と一緒に住むことにしたんだとあの人は言った。私は驚いたけど、それをかくした。かくさなければよかった。

フライパンを熱して、オリーブオイルを入れる。

薄切りにしたにんにくを炒《いた》めて、トマトを入れる。

塩をふりいれ、ちょっと煮詰める。

新しい部屋の壁を、ペンキで今、塗ってるとこ、とあの人は言った。

ふうーんと私は、バニラアイスを食べながら聞いていたのを思い出す。

私が平気そうにしてるの、何とも思わないんだな。私って、そんなふうに思われてたのかと思った。


タイマーが、ピピピと鳴る。

麺をザルにあけて、フライパンへ移す。さっとからませて、皿に盛る。

麦茶を冷蔵庫からだして、コップにつぐ。

あれから、会わなくなって……、次に噂《うわさ》を聞いたのが、結婚するって時。一緒に住んでた人とは別の人らしい。

へえーと思ったけど、それだけ。その時は、もう他に好きな人がいたし、片思いだったけど、本気だったから。

それからまた何年かして、あの人と会うことがあって、飲みに行った。そのあと、私の部屋にきて、私を襲おうとした。

何考えてるんだろうって、不思議だったな。

もしかしてこの人、人の気持ちを考えないおぼっちゃんってヤツかと、フイに思った。バカみたいと。さめた。

皿とコップをテーブルにセットして、すぐあつあつのスパゲッティを食べる。

トマトの甘さがひろがる。

外は暑い午後。


満腹になり、ゴロンと床にねころがる。セミがジージー鳴いてる。

旅行に行くためにずっとアルバイトをしていて、やっとお金がたまったので先月やめた。

行き先は、北欧。昔から行きたかったところ。

来週、出発。一人で、予定はたてず、トコトコ歩いて、電車に乗って、バスに乗って、まわる。

帰ってからのことは、何も考えてない。

今は、はりつめた気持ちもなく、熱い夢もなく、目的もなく、空気の抜けたボールみたいな私だけどしかたない。

時々、これかなって熱くなる瞬間もあるけど、それもその時だけで、すぐもとにもどる。

空は、青すぎて白に見える。

部屋の中は、水槽。

私は、海草。

底に足をくっつけて、ゆれている。


片思いだった人は、バイト先の先輩だった。

その人にはつきあってる人がいるってことを、最初から知ってたから、ただ普通に接してて、たまにムダロかわして、「じゃあ、また明日、おつかれ」って、帰っていくのがいつものことで。

でも、知れば知るほどひきつけられていった。理想だと、思った。

……過ぎたことは、どんなに考えてもしかたないから、もう考えるのやめよう。

通りの声が聞こえる。

誰か、外の道を通っていった。

自転車に乗った男の子たち。

それから、ガラガラという音。何の音だろう。

両手を広げて、大の字になってねころぶ。目をつぶると、からだの重みが地面へ吸い込まれていくようだ。

このからだの下に、まるくて巨大な地球があるんだ。それが浮かぶ暗く静かな広い宇宙。

あちこちにばらまかれたたくさんの星々。

広い宇宙の中の、小さな小さな点、地球。

その小さな小さな地球の上に、大の字にねころんでいる私。


北欧へ行ったら……、ここからずっと離れたところへ飛行機で行ったら、見知らぬ町をトコトコ歩く。足の裏が地面を押して、からだは前へ進む。その知らない町で、ただようような旅をするんだ。ゆらゆらと森を見て、ゆらゆらと街を見よう。

私の心はからっぽだから、心は軽いだろう。あっちこっち行って、帰ってこよう。

帰ってからのことは考えない。

帰ってからもまだ心がからっぽで、空気の抜けたボールみたいだったら、またこうして床にねころがろう。

背中に地球を感じるまで、深くねころがろう。

目をつぶって、遠いところ、果てしなくできるだけ遠くのことを考えよう。宇宙の果ての果てのもっとその遠くのことばかりを考え続けたら、自分が宇宙に浮かんでるってことをいつも忘れないでいられるはず。前後左右だけでなく、上や下にも広がっている。
その広いところの、ある点。
その広い広い広いところの中の一点が、私だ。
夏の午後の、一点だ。

マイ・シュガー・ベイブ

川西蘭

最後に時間を貰って、僕の好きな話を一つしたいと思う。昔、一緒に暮らしていた友だちがつくったお話なんだ。友だちが今どこにいるのか、残念ながら、僕は知らない。連絡がないんだ。だけど、もしかすると、ラジオを聴いていてくれるかもしれない。もし、聴いていたら、電話してくれないかな？　もう一度会って話をしたいとずっと思ってるんだ。

友だちがつくったお話は、象の足をテーマにしたとても短い物語りだ。だから、ラジオの前のみんな、ちょっとでもうたたねなんかしてると、聞き逃してしまうかもしれない。今のうちにトイレに行ったり、熱いコーヒーを入れたりして、待っていて欲しい。何だか紙芝居屋になったみたいだね。

じゃあ、『ミッドナイト・アワー』の最終回を始めよう。テーマ・ミュージックは、もちろん、『ミッドナイト・アワー』バイ、ロキシー・ミュージック。

マイクのスイッチを倒す。副調整室の方を見ると、若いディレクターが指でOKのサインを出していた。ミキサーが一人、忙しくレコードを用意している。ぼくは目の前のマイクに視線を移す。ふくれたアイス・キャンディの形をした高感度マイク。三年余り、ぼくはこのマイクとつきあった。月曜日から金曜日の深夜一時から五時まで、週に二十時間。総計何時間くらいになるのだろう。一年が五十二週、三年で百五十六週。掛ける二十は、三千百二十時間、気が遠くなりそうだ。

テーマ・ミュージックに続いて、CM。キュー・シートを揃えて、一番上の曲を見る。全米ヒット・チャートで五位の曲の名前がかいてあった。

ぼくは今夜限りで『ミッドナイト・アワー』のDJを辞めることになっていた。それだけでなく、ラジオの仕事からも離れるつもりだった。明日からは、〝ブルーディ・狐〟と呼ばれることもない。冗談を考えたり、バカ話をしたり、曲を選んだり、葉書を読んだりする必要はない。せいせいした気分だ。家具や生活用品をすべて運び出したあと、ガランとした部屋に立っているみたいな。

ディレクターがガラス越しにキューを出す。ぼくは目でうなずいて、マイクのスイッチをオンにする。

春は名のみの冬は寒いよ、とか何とか。いやあ、随分春めいてきました。いかがおすごしですか？　健全にセックスしてます？　まあ、そんなことどうでもいいんだけどね、一応時候の挨拶をするように書いてあるからね。深い意味を追求することなく、曲にいってみようか。

　ぼくがラジオと最初に関わったのは、今から五年ほど前、大学を卒業した頃だった。ラジオ局に音楽サークルの先輩がいて、彼が仕事をくれた。ぼくは先輩に言われるままに、聴取者からの葉書を選んだり、レコードの順番を決めたり、差し入れの寿司やケーキを抜けめなくつまんだりしていた。番組の手伝い程度だったけれど、ぼくの唯一の定期的な収入源だった。

　〝ブルーディ・狐〟として仕事を始めるまで、ぼくは余り才能のない構成作家だった。それでも、最後の頃には、音楽番組を一人だけで構成していた。


　当時、ぼくは女の子と二人でラジオ局から遠く離れた（電車を乗り継いで、二時間くらいかかった）海辺の小さな借家にすんでいた。

　平屋建ての傾きかけた木造住宅は国道ぞいにあり、道路より一メートルほど低い柔らかな土地の上にたっていた。陽あたりは悪く、陽が暮れる頃になって、やっと少しだけ赤い光が窓から射し込んできた。彼女はよくカボチャを買って来て、うんざりするくらいカボチャ料理を作った。これだけ陽に当たらずに、ヴィタミンも摂らないでいると、カッケになるわよ、と彼女は言った。

　建てつけもおそろしく悪かった。押し入れのフスマは一度開けたら、閉めるのは一苦労だった。客が来ることもないので、押し入れはいつも開け放しになっていた。畳も波うち、鴨居も湾曲し、真直ぐなところはどこにもなかった。雨漏りがしないこととゴキブリがいないことだけが取り柄だった。部屋に寝転がっていると、とても貧しい不思議の国で家を借りたような気分がした。空間までがねじ曲がっている感じがして、現実感が酷く薄かったのだ。

彼女は、悠という名前で、二十二歳の学生だった。本来ならば親の仕送りだけでも優雅に暮らせるはずだったのに、ぼくと一緒に暮らし始めたことが親にバレて、仕送りをとめられてしまった。

ごく単純なミスで事は露見した。二本ある電話のうち、彼女の方の電話にぼくが間違って出てしまったのだ。引っ越して、一週間もたっていない夜だった。悠は風呂に入っていた。ぼくは鼻の大きなタレント・アナウンサーのために冗談を考えていた。ラジオだけで人気のある彼に対して少しでも鼻について何か言うことはタブーだった。ぼくはその日全くの不調で面白いことを何一つ思いつけなかった。頭に浮かんでくるのは、アナウンサーの大きな鼻だけだった。どっしりとした相撲取りが坐ってるみたいなつやつや光る鼻。一目見れば、誰だって吹き出しそうになる。いけないいけないと思うと、逆に鼻についての冗談しか考えられなくなる。いっそのこと、芥川龍之介の『鼻』をパロディにして、アナウンサーに渡したら……いやいや、首を振る。まだぼくはラジオの仕事を失いたくない。

電話がなった。反射的に受話器を取って名乗った。気付いた時にはもう遅かった。悠を出して下さい、と彼女の父親は不気味なほど落ち着いた低い声で言った。

ぼくは風呂場に行き、曇りガラスをノックして、お父さんから電話だよ、と忠実に伝言した。悠を出してくれ、と言ってるよ。

鼻歌が跡切れた。ザバンと湯を体に勢いをつけてかける音が聞こえた。

彼女はバス・タオルを体に巻きつけたまま三十分近く父親と電話で話していた。ぼくは台所のテーブルで冗談を一つ書き上げ、それから何と言って彼女に言い訳をしたらいいのか考えていた。

電話を終えて、彼女は台所にやって来た。鼻をぐずぐずさせて、風邪をひいちゃった、と言った。

「怒ってるだろうね、あなたの父上は」

「娘が得体の知れない男と暮らしていると聞いて、ケタケタ笑う親はいないわ」

「原稿に集中してたから、電話の色を見分けるのを忘れたんだ」

悠の電話はアイボリー・ホワイトでぼくの電話はグリーンだった。コンディション・グリーンにひっかけて色を選んだ。コンディション・グリーンは、軍事用語で、緊急発進という意味だ。

「挨拶もしない男だって、言ったわ」

「初めましてとでも言っておけば良かったのかな？」

「今晩は、くらいでいいんじゃない？」

くしゅんと彼女はくしゃみをした。髪の毛は濡れ、肩に張りついていた。ティッシュ・ペーパーで鼻をかみ、それから彼女は書き上げたばかりのぼくの原稿を手に取った。

「これのせいで、私は……」

何か早口で言ったけれど、ぼくには聞き取れなかった。読み終えると、彼女はパサリとテーブルに原稿を落とした。

「どう？　笑えるだろう？」

「涙が出そう」と短く彼女はコメントした。

「余りいい出来じゃないことは分かってるんだ」

ぼくは原稿をクリップで留め、朝一番でラジオ局に持っていくために茶封筒に入れた。

「本式に風邪をひいちゃうぜ、いつまでもそんな格好でいると」

春とはいえ、まだ夜は肌寒い。加えて、潮の香りがするすき間風は裏口から玄関まではばかることなく吹き抜けていく。

「重大発表があるのよ」脚を組み直して、彼女は言った。クリーム色のバス・タオルが割れて、余り肉づきの良くない太ももがのぞいた。白い肌にはつややかな光沢がある。

「聞きたい？」

「いい話ならね」

「うちの親父さんの宣告なのよ。いい話なわけないじゃない」

「聞かなきゃいけないかな？」

悠はうなずいて見せた。ぼくも仕方なくぅなずき返した。

「じゃあ」と彼女は言った。「先にお風呂に入って来て。ガスをつけっ放しで出たから、今ごろ煮立ってるかもしれない」

「それを先に言って欲しかった」

あわててぼくは台所を駆け出した。廊下を曲がる時、大きなあくびをしている彼女の姿が目の端に見えた。彼女はくしゃみを一つして、鼻をすすり上げた。

風呂から上がって、パジャマに着換え、部屋に戻ると、悠はもぅ布団にもぐり込んでいた。広い場所で眠るのが好きで、彼女はいつも布団を三つ並べて敷いた。二つならある情緒を感じられるけれど、三つになると修学旅行みたいだった。だって、あなた結構寝相が悪いのよ、と彼女は言う。だけど、三つのうち二つ半までは絶えず寝返りを打ち、足を蹴り上げ、手を伸ばす彼女が使っていた。

「眠ったのか？」

乾かした長い髪のなかに彼女の顔は埋まっていた。癖のない細く柔らかな髪の毛だ。ぼくは彼女の髪の毛を指にからめて意味もなく時間をすごすのが好きだった。幻想的な絵画展を散策しているみたいに豊かな様々なイメージを感じ取ることができた。余り長い時間ぼくが指にからめたり、引っ張ったり、唇をつけたり、匂いをかいだりするのを彼女は嫌がった。二回洗うとシャンプーが一本空になっちゃうんだから、と彼女は言った。ぼくの手はそんなに汚れてないよ。手には目に見えない汚れや脂がいっぱいついているのよ。じゃ、ぼくはどうすればいい？　髪だけじゃなくて、もっと他のところを触れば？

「眠ってないわ」

彼女は答えた。鼻声だった。

「重大発表を拝聴しようか」

「灯りを消して、布団に入って、私を抱いて」

ぼくは彼女に言われたことを、言われた順番にした。彼女の体は熱く火照《ほて》っているみたいだった。シャンプーとセッケンの香り、それから洗いたてのシーツからは海の匂いがした。

「あなたと別れるか実家に連れ戻されるか、どちらか一つを私は選ばなければならないみたい」

「ぼくと別れれば、あなたは学生生活を続けられるわけだ」

「そういうこと。親父さんは頑固だから、やると言ったら、非常識なことでも平気でやってしまうの」

「うん。そんな人たちが今の日本を創り上げたんだ。ぼくはタイプとしては嫌いじゃないよ」

「あなたに父の人柄の感想を訊いてるわけじゃないのよ」

彼女は少し声を荒立てた。けれど、全体としては息をひそめるように静かに、海辺の夜に相応《ふさわ》しい話し方をしていた。もっともぼくたちは口と口の間に三センチくらいしか空間がなくて、大きな声を出すと唾が飛んで話にも何にもならなかったのだけれど。

「あなたはどうしたいの？」とぼくは訊いた。

「あなたはどうして欲しい？」

「別れたくない、と一応公式には表明しておくよ」

「連れ戻しに来た父と闘ってくれるわけ？」

「まあ、スケジュールが合えばね」

悠はちょっと顔を上げて、ぼくの鼻の頭を軽くかんだ。犬がじゃれついてるみたいだ。

「基本的にはあなたが自分で決めることだよ」

「参考にあなたの意見を聞いているだけよ、もちろん」

「うん」ぼくはちょっとガッカリした。

「本当はね」としばらくして彼女は言った。「親父さんには言ったの。あなたとは別れないし、実家にも帰らないって。そうしたら、彼、何て言ったと思う？」

「クイズ番組は専門じゃないんだ」

「あてずっぽうでいいから」

「勝手にしろ。お前なんかうちの娘じゃない。これからはもう親でも子でもない」

ぼくは古いテレビ・ドラマの頑固親父の決まり台詞を声色つきで再現した。

「正解です」と彼女は笑いながら言った。腕の中で彼女の体は笑いに震えている。こっちまでつられて、陽気な気分になる。

「問題があるのよ」

笑いがおさまって、彼女は左手の小指で目の下ににじみ出た涙を拭った。

「仕送り、今月から振り込まないんだって。それから、後期の授業料も」

笑っちゃうわね、と呟きながら、悠は涙を拭き続けた。ぼくは彼女の体を抱きしめて、平気だよ、大丈夫だよ、と耳元でささやいた。ちっとも平気でも大丈夫でもなかったのに。


ぼくはまだ駆け出しの構成作家だったから、とてもそれだけで食べられるわけはなく、しかも彼女が仕送りを止められてしまったので、ぼくたちは翌日から酷く貧しいカップルになった。彼女は主任教授に事情を説明して、大学付設の図書館の事務職をアルバイトとして紹介して貰い、家庭教師を三軒かけ持ちして生活費を稼いだ。

ぼくはラジオ番組の構成をしながら、空いた時間は近くのハンバーガー・ショップで働いた。ハンバーガー類をあたためたり、ポテトを揚げたり、コーヒー豆を取り換えたりするのが仕事だった。

店の片付けを済ませて、余ったハンバーガーを三つほどポケットに入れて家に帰ると、遅い時には十一時を回っていた。彼女もやはり帰宅するのはそのくらいの時間になった。風呂に入り、食事をすると、くたくたで、彼女はすぐに眠ってしまう。ぼくは原稿を書いたり、調べものをして明け方まで起きている。朝早く彼女は大学に行き、ぼくは昼前に起きて、彼女が用意してくれていた朝食を食べる。そんな毎日だった。

休みの日には、昼すぎまで寝て、それからよく海辺の散歩に出掛けた。浜まで十分とかからなかった。

秋に入り、人影がまばらになってからが、ぼくたちの季節だった。汚れていた海の水が次第に甦えり、澄んでいく。砂浜に転がっていた空き缶やゴミも心ある人の手で片付けられ、本来の美しさを取り戻していく。防寒具に身を固めた釣人とウェット・スーツを着込んだサーファー（冬のサーファーをぼくは嫌いじゃなかった）、デート途中のカップル。数少ない人々の間をすり抜けて、ぼくたちは黙って浜を歩いた。

冬になると、浜はもっと静かになって、風の強い日には、ぼくたちだけの貸し切りだった。セーターを二枚重ねに着て、厚いコートを羽織り、マフラーを巻いて、散歩に出掛ける。海は灰色で波が高い。吹きつけて来る風は重装備の服を通して肌を刺す。ぼくたちはお互いのコートのポケットに手をつっ込んで黙々と重い砂の上を歩く。話をしたくても、風に負けないためには大きな声を出さなければならなかったし、そんなに疲れることをしなくても、ぼくたちは二言三言、言葉を交わし、何時間か一緒にいるだけで、文庫本一冊くらいの話をしたような気分になれた。

立ち止まったり、砂の上に腰を下ろしたりして何度か休みながら、二時間ほど浜を歩き、廃屋のような海の家のわきにある自動販売機で紙コップ入りのホット・コーヒーを一杯ずつ飲んで家に戻るのが、大体いつものコースだった。

不思議なのは、紙コップ入りのホット・コーヒーがシーズン・オフの海岸で飲めることだった。古い自動販売機で、ペンキははげかけ、所々にサビも出ていて、時々、故障の札が下がっていたけれど、いつの間にか修理され、いつの間にか新しい香り高いコーヒーが入れられていた。ぼくたちは地の底からわき上がって来るようなこの不思議なコーヒーの自動販売機を、バンド・エイドのコーヒー・ショップと命名した。

重くたれ込めた雲がわれ、華やいだ金色の光が射すなかで、白く波頭が砕ける荒れた海を二人で眺めていると、経済事情の悪さや生活環境の厳しさを忘れて、とても幸福な自由な気分になれた。ぼくたちは肩を寄せ合い、乱れる髪を手で押さえながら、二人で海を眺めていた。そうしているだけで、ぼくは彼女を理解し、彼女はぼくを理解した。

散歩から帰ると、大抵軽い風邪をひいた。二日ほどぼくたちは鼻をぐずぐずさせ、けれど、どちらからも散歩を止そうとは決して言い出さなかった。

彼女が父親から仕送りを止められた年の夏、ぼくたちは体を悪くしたおばあさんから借り受けた店で海の家を開いた。

五月の連休前、散歩の途中で彼女が思いついたのだった。夏休みになると、図書館は閉館し、家庭教師先の中学生はサマー・スクールとかでアメリカに行ってしまうし（彼女の得意先はかなり裕福な家庭が多かった。だから、彼女の方が家庭教師に出かけた夜は、ぼくよりもずっと栄養価の高い食事を摂っていた）、後期分のバカ高い授業料も用意しなければならない。ぼくたちは秋までに何とかまとまった額の金を稼いで、一息つきたかった。

「残念だけど、海の家は駄目だと思うよ」とぼくは言った。「あれはちゃんとした権利が必要なんだ。場所とか建物とか、それに飲食屋には保健所の許可が必要だろう？」

「だから、オーナーは別にいて、一夏だけ私たちに運営を任せてくれるところを見つければいいのよ。利益配分は話し合うことにして」

「そんなに上手《うま》くはいかないよ」

「いくわよ」と彼女は強く言った。「そうじゃなきゃ、学費未納で私は大学を追い出されてしまうんだから」

彼女は大学の友人の父親（言い遅れたけれど、彼女の大学は所謂《いわゆる》良家の子女が集まる大学で、何とかグループの総帥の娘とか企業創設者の孫がゴロゴロいた。彼女ともっと早く知り合っていれば、コネクションで一流企業に就職できたかもしれない、とぼくは下らないことをその頃よく考えた）をつてに、海の近くで雑貨屋を開いているおばあさんが権利を持っていることを聞きつけてきた。渋るおばあさんを朝に晩に暇を見つけては口説き、愚痴を聞いたり肩をもんだりしてたらしこみ、彼女はとうとうおばあさんに条件を呑ませた。

おばあさんは梅雨の頃、お参りに行った神社の階段で足を滑らせて、腰を打ち、結局、夏の間中、寝込んでいた。悠は忙しいなか、おばあさんの面倒をよく見て、養子にならないかと持ちかけられたほどだった。

海の家は繁盛した。彼女の友だちがやって来て、ウェイトレスとして手伝ってくれた。若くてスタイルのいい女の子がビキニの上にTシャツを着てスカートを巻きつけただけの格好で歩き回るので、若い男たちは見物がてらやって来ては、長い時間いすわった。ぼくは、ぼくの友だちと調理場で、焼ソバを作ったり、カキ氷を作ったり、トウモロコシを焼いたりした。何だか学園祭で模擬店をやっているみたいだった。

悠とぼくは海の家にほとんど泊り込みで働いた。おかげで、秋の風が吹く頃には、彼女の学費と当分の生活費を手にすることができた。一年中夏なら、私たち凄くお金持ちになれるわね、と陽焼けした顔をくしゃくしゃにしながら彼女は言った。

部屋の隅には大きな天体望遠鏡が置かれていた。彼女の持ち物で、父親が買い与えたものだった。

彼女は週刊誌の星占いの欄を割合克明に読むタイプだったけれど、天文学的な知識はまるでなかった。南の空を見れば、いつだって、南十字星が見えると思ってるほどだった。

どうして彼女が天体望遠鏡を持っていたのか、ぼくには分からない。

天体望遠鏡は彼女が実家からの仕送りですごしていた優雅な生活の名残りのように貧しいぼくたちの部屋にどっしりと腰を据え、降り積もるほこりの量に応じて、哀愁を漂わせていた。

彼女が大学にいき、ハンバーガー・ショップで仕事をしなくても金に困らない時、ぼくは部屋でラジオ用の冗談を考えたり、本を読んだりしながら、時々、レンズ・カバーをつけたままの天体望遠鏡をのぞいた。当然の如く真暗で何も見えなかった。けれど、暗闇に向かっていると、心が落ち着き、時として、いいアイディアが浮かぶこともあった。だから、天体望遠鏡もまったくの無用の長物というわけではなかった。

ある晴れた秋の夜、ぼくは思い立って天体望遠鏡を浜まで持ち出した。家の前の道路は大型のトラックが通るので危く、庭なんてなかったし、屋根の上にあがると、天井が抜けそうだった。結局、浜くらいしか思い当たる場所がなかった。

海岸道路よりの固めで平らな砂の上に三脚を据え、天体望遠鏡をのせた。使い方がよく分らなくて、三十分くらい時間がかかった。風は余り吹いていなかったけれど、冷え込んでいたから、午後十時すぎの浜には誰もいなかった。海の上にぽっかりと月が出ていた。ぼくは天体望遠鏡を月の方に向け、つまみを回して焦点を合わせた。びっくりするくらい大きな月が目の中に飛び込んで来る。ダチョウの卵を使って作った目玉焼きくらいの大きさはあった。泡が弾けた跡のようなクレーターもくっきりと見えた。まったく大したものだった。倍率を上げれば、アポロが置き去りにしてきた探索機まで見ることができるのではないかと思った（でも、そんなことはできやしない。アポロが下りたのは、月の裏側だから）。

月から別の星に天体望遠鏡の向きを変え、ぼくは一時間くらい興奮しながら、夜空を魔法の遠めがねで眺めていた。

「何、物好きなこと、やってるの？」

振り返ると、悠が立っていた。ぼくのコートをブカッと着て、ポケットに手を突っ込み、寒そうに肩をすくめていた。サンダルばきで、つま先が砂にうまっていた。

「凄いよ、これは」とぼくは言った。「星とか月とか、はっきり見えるんだ。金星なんて掌《てのひら》にのっちゃうよ」

「手のり金星ってわけ？」

彼女は格別に興奮した様子もなく言った。ああ、寒い、と足踏みして、体をせわしなく動かす。化粧を落とした顔は、ぼおっと白く、亡霊のように見える。

「どうでもいいけど、家を出る時はちゃんと鍵をかけておいてね。盗られて困るものがなくはないんだから」

「鍵、開いてた？」

「しっかりと」

「忘れたんだな、きっと」

「でしょうね、多分」

まったく彼女は冷静だった。ぼくは天体望遠鏡を回し、月に焦点を合わせた。いくら何でもこのダチョウの卵の目玉焼きには驚くだろう、と無邪気にも思いながら。

「のぞいてごらんよ」

ぼくは天体望遠鏡から離れた。彼女はしゃがんで夜の海を眺めていた。疲れのせいか、愁いのある横顔は大人っぽく、官能的な魅力さえ感じられた。

「私はいいわ」

髪の毛を撫でつけながら、彼女は言った。黒髪は夜の闇に溶け込んでいる。彼女はコートの襟を立て、砂にまみれた裾を払った。

「綺麗だよ」

「うん」彼女はこくりとうなずいた。「知ってる」

物足りない気分だったけれど、ぼくは月を一のぞきしたあと、彼女の横に坐った。ダウン・ジャケットを着ているから、ぼくはモコモコしていた。

「何かあったの？」

彼女はうつむいて、首を振った。波の音が聞こえた。ぼくたちの体からは潮の香りがした。

「元気ないじゃない」

「そんなこと、ないよ」

「なくは、ないよ」

ぼくの肩に彼女は頭をもたせかけてきた。冷たくこりこりした感触。柔らかな髪の毛が首筋をくすぐる。彼女の頭はぼくの左肩にはちょうど良い重さだった。

「さっきね、ママが電話してきたの。私が家に帰ってすぐ」

ため息をついて、彼女は言った。悠は父親のことを親父（さん）と呼び、母親のことをママと呼んでいた。統一性がない、と言うと、だって本当にそんな感じなんだから、と答えた。

「用件は、何だった？」とぼくは訊いた。

「元気なの？　って、ただそれだけ。ちゃんと食事してるの？　って」

彼女はぼくの肩に顔をこすりつけた。ぼくは彼女の肩に手を回して、彼女の体を引き寄せた。風を摑んでいるみたいに頼りない感触しかなかった。ぼくはもっとしっかりと彼女を抱きしめたいと思った。

「私は元気だし、ちゃんと食事もしてるし、辛いことなんてないのよ。だから、心配しないでって、ママには言ったわ」

彼女の細い体は小刻みに震えていた。ぼくのダウン・ジャケットの厚い布地を通しても、それは伝わって来た。何か言おうと思ったけれど、何も言えなかった。

ぼくたちは長い間、黙って砂の上に坐り続けていた。波の音が規則正しく聞こえ、時折強い風が吹いて目の前の砂を巻き上げた。

「だから……」

沈黙のあと、彼女は言った。声の調子はごくさっぱりとしていた。

「ちょっとセンチメンタルになっただけ」

悠は砂をはね上げて、立ち上がると、天体望遠鏡を片目を閉じて、のぞき込んだ。

「ぼやけてて、全然何も見えないじゃない」

「そんなことはないよ」

ぼくは彼女のうしろから言った。彼女と交代して、望遠鏡をのぞくと、淡い闇のなかにぼんやりとした丸い光があるだけだった。ピントを合わせ、真ん中に月が来るように調整した。

「今度は見える？」

呟きながら、彼女はのぞいた。

「見えるはずだけどね」

「うん」と彼女は言った。「これはきっと象の足の部分ね」

「ウサギじゃない？」

「象の足」

きっぱりと彼女は言った。


二人で天体望遠鏡をのぞいた夜から三日ほどして悠のママから彼女あてに現金書留が届いた。中にはぼくたちの一月分の生活費に相当するお金が入っていた。そのお金で彼女は新しい靴を買い、ぼくのためにセーターを買ってくれた。ほころびもなく毛玉もついていない、グレイのあったかなセーターだ。

ありがとう、とぼくは心から礼を言った。

ママのおかげよ、と彼女はにこにこして言った。

半分は貯金に回して、残ったお金でぼくたちは駅前の洋食屋で食事をした。メニューを上から下まで調べて、相談した結果、ハンバーグ・ステーキとコーン・クリーム・スープとサラダとハーフ・ボトルの赤ワインを注文することに決めた。パンは気のいい店主がサーヴィスにつけてくれた。

湯気を立て、ソースをじゅうじゅういわせながらハンバーグ・ステーキが運ばれてくると、彼女はセーターを袖まくりして、深く息を吸い込んだ。

ハンバーグ・ステーキは特大で、空っぽの胃袋を抱えたぼくたちにも手に余りそうなほどだった。ゆっくりと時間をかけて、鉄板にへばりついたつけ合わせのトウモロコシの最後の一粒まで残さずに平らげた。

店主は上機嫌でぼくたちを送り出してくれた。

ねぇ、と帰り道に彼女が言った。あのハンバーグ、象の足みたいじゃなかった?

確かに、大きさはそれくらいあった。

そうだね、とぼくは言った。

ぼくたちは満腹で、とても充ち足りた気分だった。彼女の肩に手を回し、体を抱き寄せて口づけをしようとすると、彼女は大きなゲップをした。

その日二人で食べた象の足は最高に美味《おい》しかったけれど、少しばかり匂いには難があったとぼくは思う。

ブルーディ・狐として働いてみないか？　と『ミッドナイト・アワー』の担当プロデューサーに言われた時、ぼくは『ハロー、ハービー』という音楽番組の構成をやっていた。ハービー・ハンコックの来日記念特別番組で、インタヴューをまじえ、ディスコグラフィ風に彼の歴史を追うパターンのものだった。ぼくにとっては、初めての大きなやりがいのある仕事だった。担当のプロデューサーが『ミッドナイト・アワー』もやっていて、何度も会って打ち合わせをしているうちに、ぼくの声質がブルーディ・狐に適していると、目をつけられたらしい。

元々、ブルーディ・狐というのはラジオ局のアナウンサーがＤＪ番組を受け持った時に変名としてつけられたものだった。ところが、番組の（と言うよりも、ブルーディ・狐の）人気が高まった頃、当の局アナが病に倒れ、急きょ声質の似た人間が代役に立ち、聴取者に何の説明もしないままブルーディ・狐として放送を続けた。以後、ブルーディ・狐は、ＤＪ番組のなかで最高の人気を保つＤＪとして、実態を明らかにされることなく脚光を浴びていた。

どうして、このようなトリックが可能だったのか？

答えは簡単だ。局アナが最初にブルーディ・狐として声を出した時に、ちょっとした電気的な処理をして、地声の特徴を薄めたからだ。この処理は、ニュースを読む声と余りに下らないバカ話をする声が同一であるのは双方の価値を損ねると考えられて、行なわれた。

加えて、ブルーディ・狐の話には、いくつかのパターンがあり、それぞれにきちんとしたフォーマットが定められていた。

そういったわけで、地声が極端に異なっていない限り、訓練と電子技術によって、何人ものブルーディ・狐が同時的に存在することさえできるのだった。

もちろん、ブルーディ・狐になるためにはいくつかの条件があった。絶対に正体を明かさないこと、音楽的な知識があること、できれば放送関係者であること、それから、声だった。

ぼくがプロデューサーから誘いを受けた頃、ブルーディ・狐は三代目になっていた。

初代は入院加療のかいなく、胃癌で死亡。

二代目は交通事故に巻き込まれ、潰れた車のなかで焼死。

三代目は精神科の病院に通院中だった。(のちに彼は薬物中毒で廃人になった)

三代目がとても不安定な状態だったので、番組はストックのテープで何とか放送を続けていた。プロデューサーとしては、一日でも早く四代目を見つける必要があった。

考えさせて下さい、とぼくは即答を避け、プロデューサーに四十八時間貰った。それは結局、考えるための時間にはならなかったけれど、単純な効果として、報酬を含む条件面に多少ぼくに有利なように色をつけさせる結果となった。

ちょうど卒業論文の提出期限が迫っていた時期だったので、彼女はアルバイトをすべて休んで家に籠っていた。構成作家としてぼくも十人並になっていたから、ぼくたちの生活は豊かではないものの、食費を切りつめなければならないほど切迫してもいなかった。

「部屋に入る時にはノックをしましょうね」

ドタドタと玄関に上がり、バッグを放り出し、買ってきたハンバーガーを台の上に置いて、コタツに入ったぼくに、彼女は論文から目を離さないまま言った。髪の毛をうしろで一つにまとめ、ボストン眼鏡をかけていた。

ぼくは寝転がり、腕を伸ばして建てつけの悪いフスマを指先で叩いた。

「ただいま、帰りました」とぼくは言った。

「おかえりなさい」と彼女は言った。

「話があるんだけどな」

「ちょっと待ってね。ここ直しちゃうから」

彼女は英文のタイプライターを両手の人差し指二本だけを使って打っていた。英文科の卒業論文はすべて英文で書くのだそうだ。原書を引っくり返したり、メモを探しながら、三十分ほどかかって、彼女は区切りの良いところまでタイプを打ち終えた。ぼくはその間にハンバーガーを二つ食べた。

眼鏡を外し、首をひねってコキリと鳴らしてから、悠はお茶を入れた。

「進んでる？」

「まあまあね」

目をこすりながら、彼女はお茶をすすった。ぽっと紅く頬が染まっている。手の甲を額に押しつけ、まばたきをして、あくびをかみ殺した。相当疲れてるみたいだった。

「で？　何？」

「うん」

お茶でのどを湿らせてから、ぼくは『ミッドナイト・アワー』のＤＪに誘われたことを話し始めた。特に報酬について、ぼくは念入りに喋った。

彼女は冷たくなったチーズ・バーガーを小さく千切って、一つずつ口に入れながら、黙ってぼくの話を聞いていた。途中一度だけ、咳払いをした。けれど、全体的にはほとんど何の反応もなかった。

「喜んでくれると思ったんだけどな」

話し終えて、ぼくは言った。

彼女はフライド・ポテトをつまみ、油のついた指先を拭った。すき間風で書き上げた論文原稿の端がかすかに震えていた。

「あなたがしたいようにすればいいわ」

「ぼくはあなたの意見が聞きたいんだ」

「だから」と彼女は抑揚のない声で言った。「あなたがしたいようにすればいいわ」

「あとになって、うじゃうじゃ文句を言われたくないんだ」

ティッシュ・ペーパーを丸めてゴミ箱に入れ、彼女はゆっくりとぼくの方を向いた。遠くを見るような目でぼくを見つめた。部屋の灯りが暗くなった感じがした。軽く息を吐くと、彼女は哀しげな微笑を口元に浮かべ、タイプライターに紙をはさんだ。

「ここから、引っ越さなきゃならないわね」

「ラジオ局の近くじゃないと、不便だからね」

彼女は眼鏡のレンズをセーターでこすってから、かけて、またタイプを打ち始めた。

「話はまだ終わってないんだ」

「何？」

「結婚しよう」とぼくは言った。

タイプを打つ音が止まった。彼女は二本の人差し指を曲げたまま凍りついてしまったみたいだった。

しばらく、五分ほど空白の時間が流れた。凪にのって、波が砂浜に打ち寄せる音が聞こえた。

彼女はまたタイプを打ち始めた。速度が落ちて、一行も打ち終わらないのに二度もスペルを間違えた。

「返事は？」とぼくは訊いた。

彼女は大きく深呼吸をした。新しい用紙に取り換え、そして、タイプライターのキーを三度叩いた。真白い紙の一番上にYESと鮮明に記された。

「いっぱい幸福になろうね」と言いながら、彼女はぼくに抱きついてきた。何だか凄く彼女の体は重かった。

それからぼくたちはコタツしかない寒い部屋で、遠くに海の音を聞きながら、いっぱいある幸福のうち、一番簡単にできて一番効果のあることを長い時間をかけてした。


二日後にぼくはプロデューサーに承諾の返事をした。その場で契約を交わし、翌日から一か月間ホテルに缶づめになって、ブルーディィ・狐になるための訓練を受けた。ぼくはブルーディィ・狐として、話し、笑い、お茶を飲み、歯をみがき、食事をした。成果は上がった。

一か月後、ぼくは晴れて四代目ブルーディィ・狐を襲名した。襲名披露パーティは部外者に秘密の洩れることのないよう厳戒態勢のスタジオで少数の関係者だけで取り行なわれた。

茶目っけのある若いディレクターは、ぼくに紋付羽織はかまを着せた。広域組織暴力団組長の線を狙った思いつきは、はかなくも七五三の戯画化された再現にしかならなかった。

襲名披露パーティを終えて、久し振りに家に帰ると、玄関の鍵は閉まっていて、部屋の中はガランとしていた。彼女の名前を呼んだけれど、返事はなかった。積み上げられたダンボールの一つを開いて見ると、衣類がつまっていた。机もテーブルも本棚も姿を消し、残っているのは、ほこりをかぶった天体望遠鏡だけだった。

ぼくは取りあえず、荷物を置き、家を出た。嫌な予感がしていた。彼女とは一月の間に二回しか電話で話していなかった。一回は引っ越しの話をして、一回は彼女の就職の話をした。彼女はアメリカ資本の銀行の日本支店に勤めることに決定していた。問題は、籍をどうするかで、一応きちんとした行員になるまでは、婚姻届を出すのは控えることに話し合って決めた。そんなに長い期間じゃないから、と彼女は言った。そうだね、とぼくは同意した。

駅前の商店街をぼくは彼女を探して三往復もした。スーパー・マーケットものぞいたし、喫茶店や食べ物屋は全部なかに入って、見回した。彼女は見つからなかった。

ぼくは背を丸めて、家路についた。くたくたに疲れ、足がとても重かった。もう彼女は戻って来ないのではないかと思った。そう考えると、動悸が高なり、吐き気さえした。磁石を持たないで、夜の砂漠を歩いているような気分だった。

玄関の前で立ち止まり、思い直して、浜に行ってみた。海岸通りを小走りにいくと、砂浜にポツンと独り彼女がいた。ぼくは全力で駆け出し、二十メートルほどで息がつまり、残りの百メートルちょっとはジョギング・ペースに速度を落とした。

砂の上にゴミ袋用の黒いビニール袋を敷いて、彼女は膝を抱えて坐っていた。セーターの上にサイズの大きなジャケットを着込んでいた。ジャケットの襟にはぼくがラジオ局から貰って来たイギリスの国旗を模した音楽番組のバッジがついていた。

「血相を変えて、何かあったの?」

のんびりとした声で彼女は言って、ポケットから白いハンカチを取り出した。ぼくは彼女の横にどすんと腰を下ろし、ハンカチで額や首筋の汗を拭いた。

「探したんだ、いなくなったんじゃないかと思って」

息が切れる。ぼくは何度も深呼吸をして、砂の上に寝転がった。頭の下に茶色くサビついた空き缶があった。

「誰を探してたの?」

「あなたに決まってるじゃないか」

ぼくは空き缶を頭の下から取り出した。放り投げようとすると、彼女が止めた。彼女は上着のポケットから黒いゴミ袋を出して、その中に空き缶を入れた。

「私」と彼女はぼくの手を取って、上体を引き起こしながら、言った。「ずっと、ここにいたのよ。お昼すぎに引っ越しの準備が終わったから」

「あれは引っ越しの荷物なのか」

「そうよ」

「ぼくはまた家出の用意かと思ったよ」

髪の毛についた砂を払い落とした。シャツの襟口から砂が入り、背中がチクチクした。

「家出をする時にはバッグ一つくらいしか荷物を持っていかないわ」

彼女は微笑を浮かべた。淡い春の陽光のような柔らかく、あったかな感じのする微笑だった。

「どうでもいいけど、驚かさないでくれよ」

「うん」

うなずいて、彼女は海の方に目をやった。海はまだ冬の色を残している。サーファーが二人、ボードにのって、ぷかぷか浮いていた。陽射しは華やいで、降り注いでいる。遠くはかすみがかかっている。海の鳥が何羽か青い空に弧を描き、奇声を上げる。眠り込みそうな春の海、時間までがゆったりと流れていく。キラリ、とサーフ・ボードが光った。

「あのね、私、海の近くで育ったじゃない? だから、こうやってると、凄く安心するの。子供の頃のこと、思い出したりして」

彼女は両膝を胸に押しつけるようにぎゅっと脚を腕で抱きしめた。背中を丸め、小さく体を折りたたむと、大型のトランクにおさまりそうだった。

「私ね、子供の頃、酷いデブだったの。だから、いつもいじめられた。顔立ちはあんまり変わってないのに、すっごいブス扱いされた」

「暗い少女だったわけか」

「うん。暗くて重い少女だった。隅っこで膝を抱えてばかりいたから」

彼女は今、大人の女になって、知性的な美しさを持っていた。敏捷そうな体、優美な線、そして、輝きのある大きな黒い瞳。ぼくは彼女の横顔を見つめた。頬にはソバカスの名残りがあったけれど、それもあと少しすれば消えてしまう。キュートな、どことなく愁いのある綺麗な顔立ちだった。

「女の子はコロコロしてた方が可愛いって慰めてくれたのは、ママだけだった」

ポツンと彼女は言った。

足元に波が打ち寄せ、白い泡をたてながら引いていく。砂に水が吸いこまれ、貝ガラや海草の切れ端があとに残る。単純で、けれど、あきないくり返しをぼくは黙って見守っていた。ぼくは山の中で育った。街の真ん中に大きな川が流れていて、子供たちはそこで釣りをしたり、泳いだりした。春になると、河原の土手には桜が満開になった。ぼくたちは降りしきる桜吹雪のなかを重いカバンを抱えて学校に通った。ぼくには、だから、彼女のように海にまつわる記憶はほとんどなかった。

「大学生の頃にね」としばらくして、ぼくは言った。「友だちとポンコツ車で旅行にいったんだ。どこだったか忘れたけど、道に迷って、やみくもに走ってたら、海に出たんだ。松林があって、だけど砂浜じゃないんだ」

「岩なの？」

「小石なんだ。砂浜があって、先の方、海の方が小石の浜になってるんだ。きれいな海だったけど、波が打ち寄せるとね、小石の浜が鳴るんだよ。小石と小石がぶつかり合ってね、サァーって、波が引いて、波が引いていくのに合わせて鳴るんだよ」

「ヘェー」

「不思議な感じがしたな。近くに原子力発電所があって、そこにもできる予定になっているらしいけど」

彼女は目を閉じて、うなずいた。何だか本当に眠り込んでしまいそうだった。海は和やかでゆったりとしたうねりを見せているだけだった。波頭が崩れることもなく、静かに波は寄せている。

「帰ろうか」とぼくは彼女に声をかけた。

「うん」と言っただけで、彼女は腰を上げようとしなかった。

ぼくたちは夕暮れまで海を眺めながら、砂浜に坐り続けていた。海から上がったサーファー二人は水滴をポタポタ落として、軽く会釈をして去っていった。三十すぎの夫婦みたいだった。

ぼくたちは、二人で三十七個の空き缶を集めて、浜をあとにした。帰りがけにゴミ箱に空き缶を捨て、自動販売機で紙コップ入りのホット・コーヒーを飲もうとしたけれど、故障中の札がかかっていた。

翌日、ぼくたちは二年近く住んだ借家からラジオ局近くのマンションに引っ越しをした。彼女は海の家を貸してくれたおばあさんのところに挨拶にいき、目を赤くして帰ってきた。ぼくたちは禁じられているにもかかわらず、駅まで引っ越し用トラックの荷台にのっけて貰った。穴ボコのなかにある借家はすぐに見えなくなり、跡切れることなく拡がっていた海も五分もしないうちに山にさえぎられて、姿を消した。

彼女はぼくの胸に顔を押しつけて、目にゴミが入った、と大きな声で言いながら、軽くこぶしを握って、ぼくの肩や腕を叩き続けた。とても息苦しくて、涙が出そうだった。

★

『ミッドナイト・アワー』は好評だった。同時間帯の他局の番組に奪われていた聴取者を取り戻し、新しい聴取者も開拓した。葉書の数も増え、電話リクエストを企画した週は局の回線が一時すべてストップしてしまったほど電話がかかってきた。プロデューサーもほくほく顔だった。ぼくはブルーディ・狐として許される範囲で次々に新しい企画を出し、番組に取り入れた。

彼女はアメリカ資本の銀行に正式に採用され、研修の後、秘書課に配属された。一日の半分は英語を話す仕事だったけれど、彼女は格別苦にしている様子はなかった。

生活のリズムがおそろしく違うので、ぼくたちは鍵のかかる寝室を一つずつ持つことにした。

必要がある時には、彼女がぼくの寝室に来た。引っ越してから、ぼくは彼女の寝室をのぞいたことさえなかった。食事はダイニング・キッチンのテーブルで取っていたし、暇な時は、居間のソファでごろごろしていた。新しい家具を必要最小限に買い揃え、ぼくたちは地上八階に快適な住空間を創り上げていた。

放送を終えて部屋に戻ると、彼女は朝食を作っている。そんなに朝早く起きる必要はないのに、彼女は必ず起きている。一緒に食事をして（彼女にとっては、朝食。ぼくにとっては遅い夕食だ）彼女は仕事に出掛け、ぼくは軽く酒を飲んで眠る。夜、彼女が戻ってくる頃には、ぼくはもうラジオ局に行っている。彼女が早く仕事を終え、ぼくがだらだらと部屋にいる時には、たまに夕方顔を合わせることができる。でも、大抵はすれ違いだった。

週末は一緒にすごすことができるけれど、彼女も書類を整理したりしていたし、ぼくも放送以外のブルーディ・狐としての仕事、音楽紹介や映画紹介、身辺雑記風のエッセイなどの原稿を書かなければならなかった。

五月の連休明けには婚姻届を区役所に出す予定になっていたのに、忙しさにかまけて延び延びになっていた。彼女はそれについては何も言わなかった。

六月の日曜の朝、悠とぼくはぼくのベッドで並んで横になっていた。明け方から雨が降り続いていた。風もあるのか、時折、窓ガラスに雨粒が叩きつけられていた。空気は湿っぽく、少しむし暑かった。

ぼくは彼女の長い髪を指先でもてあそびながらぼんやりとクリーム色の天井を見ていた。何もかもが新しく清潔だった。どの窓もスムーズに開け閉めできたし、ドアも滑らかに動き、すき間風も吹き込まず、二重窓になっているから、騒音も全く聞こえなかった。

「最近ね」と彼女は焦点がぼやけた感じの声で言った。「上手く眠れないのよ」

「神経を遣いすぎてるんじゃないのか？」

ぼくの声も間延びしていた。二人して水槽のなかで喋っているみたいだった。

「仕事にも慣れてきたし、まあ、神経は遣うけど、これは多分、別のストレスね」

「性的な欲求不満なら解消したばかりだろう？」

バカッと小声で言って、太ももにのばしたぼくの手を払いのけた。

「真面目に話してるんだから、真面目に聞いてよ」

「うん、真面目に聞くよ」

ぼくは彼女の髪の毛からも指を離し、胸の上で手を組んで、目を閉じた。もやもやが拡がり、チラチラ輝きながら消えていった。

「振動を感じるのよ。階下の道路、凄く交通量が多いし、それにここ八階でしょう？　風が強くて、コンクリートが震えるのよ、きっと」

「気のせいだよ」とぼくは言った。

「感じない？　時々、部屋の空気も震えてるんだけど」

「感じないよ、全然」

「鈍いんじゃない?」

「敏感すぎるんだよ、あなたは」

寝返りを打って、ぼくは彼女の体を抱いた。少し痩せたみたいだった。彼女は瞬間的に脚をそろえて曲げ、体を縮めかけた。ふっと息を吐き、体から力を抜いて、脚をからめてきた。何か急に白けた気分になり、ぼくは彼女の頬に軽く唇を触れただけで、枕に顔を押しつけた。甘い香水と、彼女の髪の匂いがした。陽光と海の匂いが欠けている。ぼくは二つの匂いを思い出そうとしたけれど、上手くいかなかった。

それから五分としないうちに眠りに落ちた。彼女がベッドを下りて部屋を出ていく気配を遠くに感じた。


その年の夏、ぼくは一週間の休暇を貰って南の海に浮かぶ島で骨休めをした。悠も一緒に来る予定にしていたけれど、どうしても休暇をその時期に取ることができなくて断念した。

ぼくは彼女の代わりにラジオ局でアルバイトをしていた女の子をつれていった。彼女は役者志望で聞いたことを端から忘れてしまう特技を持つ可愛らしいだけの女の子だった。

コテージ形式のホテルでぼくたちは五日間をすごした。海で泳いだり、潜ったり、浜辺に寝そべって体を焼いたりした。ぼくの横には小さなビキニの水着をつけた彼女がいつもいた。彼女は洋服の話とか髪型の話とか芸能人のゴシップを舌たらずな喋り方でさえずっていた。夜になると、食事をして酒を飲み、抱き合って眠った。五日間、英語で用件を伝える以外、ぼくはほとんど頭を使わなかった。

「何を考えてるのお？」

ヤシの実の果汁をストローで飲みながら、女の子は訊いた。夕暮れが近付くプール・サイドにぼくたちはいた。海から吹く風が柔らかく髪を撫でていった。

「何も考えてないよ」とぼくは言った。

ぼくはぼんやりと悠のことを考えていた。

「いやらしいこと、考えてたんだあ、きっと」

女の子はまばたきをしながら、言った

南の島の夕暮れは、とても綺麗だった。

旅行から帰ると、ぼくはまた仕事に戻り、悠は短い休暇を取った。彼女はずっと部屋にいて、片付けをしたり、本を読んだりしていた。どこかに遊びにいけばいいのに、と言っても、彼女はどこにも出掛けようとしなかった。

こうしている方が休まるの、と彼女は言った。

「私は時々、不安な気分になるわ」

悠が言った。彼女は浅葱《あさぎ》色のセーターを着ていた。すっきりとした彼女によく似合う色だった。痩せたせいか、セーターの胸や肩のあたりが少しダブついていた。

土曜日の朝、間接光がふわりと食卓に落ちていた。

彼女は湯呑みにお茶を注ぎ、湯気をふっと吹いた。

「どうして？」とぼくは訊いた。シャワーを浴びたばかりで髪の毛はしっとりと濡れ、パジャマ姿だった。

「何が不安なの？」

「特定できないから、不安なのよ。これだ、と分れば対処する方法はあるだろうし、対処できなければ、恐怖に変わるわ」

「なるほどね」

確かにそうかもしれない。ぼくはビールを飲み、新聞をめくった。日付けによれば、秋も盛りのようだった。

彼女は立ち上がると、一週間分の二人の食料を詰め込むことのできる冷凍冷蔵庫から、チーズを取り出し、白い皿に盛りつけて食卓に置いた。

ありがとうと言って、一切れつまんだ。

半年の間に彼女は随分と痩せた。頬骨がとがり、顔つきがきつくなり、ウェストが締まって、肉が落ち、中性的な体つきになった。

夏の終わりに長い髪を切り落として、少年のように短くかってしまった。美容院から帰ってきた彼女を見て、ぼくは一言も口がきけなかった。彼女なのに彼女じゃない感じさえした。さっぱりした、と彼女は言った。悪くないね、とぼくは言った。髪の毛に指を滑らし、毛先で赤く色付いた乳首をくすぐるなんてことはもうできなくなっていた。

「不眠症は、どう？　眠れない？」

「ううん」湯呑みの底を見つめたまま彼女は首を振った。「眠りは浅いけれど……眠らないと、体が持たないから」

「そうだね」

「うん」

ぼくは新聞を閉じた。つけっ放しになっているテープレコーダーからは、小さな音でピアノ曲が流れ続けていた。

「もし、あなたが望んでいるなら、銀行をやめても構わないよ。二人だけなら、生活には困らない」

「仕事はやめたくないの。もちろん、楽しいことばかりじゃないけど……」

語尾を濁した。ぼくには彼女が何を悩んでいるのか、よく分らなかった。

「何が不安なの？」ぼくは重ねて訊いた。「漠然としてても、見当くらいはつくだろう？」

彼女はあいまいに首を振るだけだった。短い髪のあいだから耳がのぞいていた。小さな厚みのない耳。彼女は無意識にピクンと耳を動かすことがあった。猟犬が気配を感じ取った時のように。

「いつも不安だというのは、不安じゃなくて別の言葉で表現される精神状態なのかもしれないわね」

お茶を飲み終えて彼女は言った。

「ぼくの仕事が気に入らないんじゃない?」

「そんなことは、ないわ」

ただ、と言いかけて、悠は口をつぐんだ。テープが止まり、小さな音が響いて、巻き戻され始めた。

「ただ、何?」

「何でもない」

彼女はチーズを一切れ、つまみ、髪の毛をうしろに払おうとして、何もない肩の上の空間を手で払った。彼女はかすかにため息をつき、口元に微笑を浮かべた。

「気にしないで」彼女は言った。

しばらくの間、ぼくたちは沈黙した。

「……あなたが昔みたいにあなた自身の声で話してくれたら、どんなにいいかと思う」

呟くように彼女は言った。

「ぼくはぼく自身の声で喋ってるよ」

「そう？」

「そうだよ」とぼくは言った。

彼女は肩をすくめて、新しいビールとグラスを一つ、それから食器棚の上からクッキーの缶を持って来た。クッキーをつまみにビールを飲むという気味の悪い習慣が彼女にはあった。

ぼくは自分のグラスにビールを注ぎ、それから彼女のグラスに注いだ。

「来週の予定は？」

えっ？　と彼女は目を上げた。

「水曜日あたりに午後からでも休みが取れないかな？」

「水曜日？」彼女はキッチンを振り返って、壁にかかっているカレンダーを見た。「木曜日じゃ、いけない？」

「木曜日でも構わない」

「何かあるの？」

「婚姻届を出しに行こう」

彼女はクッキーを二つに割っていた手の動きを止めた。爪をきれいに切り揃えた細い指はプラスチックの美しい義手を思わせた。

「嫌かい？」

「ううん」彼女は前歯で軽く唇をかんだ。「でも、どうして？」

「ぼくたちの関係だけでも、はっきりさせておいた方がいいと思うんだ。あなたが不安を感じなくて済むように」

「私、届けを出してないから、不安なわけじゃないのよ」

「分ってるよ」とぼくは言った。ビールを一口。「不安なのは、ぼくの方だ」

彼女はなかなか返事をしなかった。クッキーは二つになり、四つになり、やがて、ボロボロの粉になった。ぼくは腕組みをして、そんな彼女の姿を見守っていた。朝の陽光はしっかりと降り注ぎ始め、窓の外の様々なもの、車や人や小鳥がざわざわと動く気配を空気のなかに感じた。

「木曜日の午後二時に」と彼女は言った。「区役所の玄関前で待ってる」

「二時だな」

「遅れないでね」

にこっと笑って、彼女は言った。久し振りに彼女の笑顔を見たような気がした。

ぼくたちは、気の抜けたビールで取りあえず乾杯した。嬉しくもなければ、感動もしなかった。スケジュールを一つメモ帳に書き込んだだけ。彼女も同じ気持ちかもしれない。

ビールを二本飲んで、ぼくは寝室に入った。食器を片付けていた彼女はぼくを呼び止め、おやすみなさい、と言った。

おやすみなさい。

ブラインドを下ろした暗い寝室でぼくは二分とたたないうちに眠りに落ちた。

結局、ぼくたちは婚姻届を出すことはできなかった。

木曜日の昼近くぼくは酔っ払って帰宅し、気がついたら五時十五分前だった。あわてて、着換え、区役所に駆けつけた時には窓口はもう閉まっていた。

彼女はグレイのスーツ姿で、バッグを抱えて、玄関のところで待っていた。

「寝すごしたのね」

ぼくの乱れた髪に手をのばし、撫でつけながら、彼女は言った。冷たい手だった。三時間も風の中に立っていたら、体の芯まで冷たくなってしまう。

「ゴメン、目覚ましが鳴らなかったんだ」

「そうじゃないかと思ってた」

「電話してくれれば良かったのに」

「十円玉がなかったのよ」

強い風が吹いた。並木がざわめいた。ぼくは彼女の肩に手を回し、柱のかげに移動した。いくらかましな場所だった。

「それで、届けは？」

彼女はバッグを開け、中から封筒を取り出した。書類には必要事項がすべて書き込まれ、あとはぼくが署名して、印鑑を押すだけでいいようになっていた。

「悪かったね」

届けを折りたたんで、封筒に入れた。

「区役所は逃げていくわけじゃないから」

彼女は大きな深呼吸をして、腕時計に目をやった。あたりは薄暗くなり、何もかもが青いシルエットになる時刻だった。

「一度オフィスに戻らなきゃ、ならないの」

「時間はないのか？　お茶でも飲もうよ」

「うん、でも、少しでも早く戻った方がいいから」

「そう」ぼくは届けの入った封筒を彼女に渡した。「本当に今日は悪かったよ」

「反省して下さい。じゃ、私、行くから」

もう一度腕時計を見て、彼女はバッグを抱え直した。「それはあなたが持っておいて。私の方は全部書いたから」

「そうしよう」ぼくは封筒を上着の内ポケットに入れた。「送っていこうか？」

「いいわ。地下鉄でいくから」

じゃあ、と彼女は右手を上げて、地下鉄の駅に向かって歩き出した。一度も振り返らないまま、彼女の姿は青い闇のなかに消えていった。強い風が吹いていた。

婚姻届は長い間、ぼくの机の引き出しに入っていた。そのうちに古いノートと一緒にどとかにいってしまった。探せば、今でも引き出しの中にあるかもしれない。

彼女に背の高い男友だちがいることを知ったのは、冬の終わり、五日に一度くらいコートを着ないで済むあたたかい日がある頃だった。

その日はアニメ・スペシャル番組が放送されることになっていたので、ぼくは完全にオフだった。昼すぎに起きて、ぼんやりとテレビを眺めながら、時間をすごしているうちに、彼女を迎えに行って食事でもして帰ろうと思いついた。車を買ったばかりで、単に乗り回してみたかったこともある。スポーツ・タイプの車は排気量二千ccのDOHCエンジンを積んでいた。混雑した道を走り、彼女の勤める銀行の前に着いた時には、五時を少しすぎていた。もやがかかったあたたかい日だった。ビルの光は淡い闇ににじんでいるように見えた。

ぼくはシートをやや倒し、カー・ステレオを聴きながら、煙草を吹かした。行員用の出口から三人、四人と人が出て来ていた。

四十分ほどして（その間にぼくは十二本も煙草を喫った。頭がクラクラした）彼女が姿を見せた。きちんとスーツを着込み、革のブリーフ・ケースを持った男と並んで、親しそうに話をしていた。男は三十すぎで、頭が切れそうだった。

ぼくはなんとなく車から出ていく機会を失い、二人の姿を車窓から見守っていた。

彼女たちは横断歩道を渡り、道の反対側でタクシーを拾った。追いかけようにも、Uターンができない道だったので、ぼくはバック・ミラーで走り去っていくタクシーを見ただけだった。

ゆっくりと車を走らせて、ぼくは部屋に戻った。七時すぎに、冷凍してあったビーフ・シチュウをあたためて、独りで夕食を食べた。静かな夜だった。あまりに静かすぎて、精神の平衡を失いそうになるほどだった。ラジオ局から持って帰った新着のプロモーション・ビデオをたて続けに十八本観て、一本ずつ簡単な印象を書き留めたあと、シャワーを浴び、歯をみがいて、早めにベッドに横になった。

深夜の二時をすぎて、彼女は帰ってきた。寝室のドアが控えめに三度ノックされたけれど、ぼくは眠っているふりをした。

上手く眠れないままに朝を迎えた。パジャマ姿で居間にいくと、彼女はもう起きていて、朝食を作っている最中だった。食卓の上には二人分の皿が並べられ、モーツァルトか何かが小さな音で流れていた。息を吸い込むと、コーヒーの匂いがした。

「おはよう」と彼女が言った。

「おはよう」とぼくも言った。

ぼくたちは一週間先までの天候の話をしながら、出来上がったばかりの朝食を食べた。

売れなくなった歌手、コピーライター志望の女子大生、バーのホステス、司法修習生、番組アシスタント、主婦、娼婦、獣医、美容師、スーパー・マーケットのレジ係、着物の着付け師、スチュワーデス、ジャズ・ダンスのインストラクター、以上がその年の春から冬にかけてぼくが性的な交渉をもった女性たちの職業だ。列記してみると、ぼくもちょっとした色情狂だと思う。

十月の下旬、週末の夜、ぼくは悠を誘って食事に出掛けた。聴取率調査の結果が素晴しく良く、プロデューサーが馴染《なじ》みのフランス料理店のテーブルをチャージしてくれたのだった。

ぼくは少しサイズの大きいスーツを着て、きっちりとネクタイを結んだ。彼女はワイン・レッドのワンピースを着て、薄いコートを羽織った。ぼくたちは友だちの結婚披露パーティに出掛けるような格好でマンションの玄関までタクシーを呼び、フランス料理店に向かった。

入り口の分りにくいビルの地下にあるその店はこぢんまりとしたスペースにさっぱりとした内装で、気取った雰囲気を漂わせていた。

高級で厳格な店にはよくあるように、上客の紹介でやって来たぼくたちは上客と同じくらい丁重に扱われた。

ブラック・タイを結んだマネージャーにテーブルに案内され、にこやかにスケッチ・ブックほどの大きさと厚さのあるメニューを渡された。

「何だか気の良い幼稚園の園長先生って感じだね」

マネージャーが立ち去ってから、ぼくは小声で言った。

「そう?」

「思わない?」

「私の通った幼稚園には、気の良い園長先生なんていなかったから」

「ぼくだって、そうだけどね。お寺の住職でベンツに乗ってるんだ」

「ふーん」

「葬式にベンツに乗って来られると、どっと疲れるんだよなあ」

「いいじゃない、別に」

「別に、いいんだけどね」

食前酒が運ばれてきた。

「ねぇ」とメニュー越しに彼女が言った。「ここはあなたが払うの?」

「うん」とメニュー越しにぼくは答えた。「と、言いたいところだけれど、よく働いた御褒美だから、結局はラジオ局が払うんじゃないのかな」

「じゃあ、何を食べても大丈夫なのね」

「ああ、象の足を食べても大丈夫だよ」

ウェイターを呼んでぼくたちは料理を注文した。彼女はごちゃごちゃした舌をかみそうな料理名を前菜からデザートまで念入りに選んで注文し、ぼくはシェフのおすすめコースを頼んだ。

ワインはマネージャーに目配せして、適当なものを選んで貰った。マネージャーはワインの名前をペラペラ言って、これでよろしいでしょうか？　と念を押した。それにして下さい、と生真面目にぼくは答えた。

誇り高きウェイターが胸を張って一つ一つの料理を説明するのを除けば、ぼくたちはゆっくりと落ち着いて美味しいフランス料理を食べることができた。

「ねぇ」

デザートのシャーベットを食べ終えて、彼女はぼくを見つめた。ワインのせいで、少し頬が紅く染まっていた。

「どうして私を食事に誘ったの？」

「独りでこんな店に来たら、食べ物を味わうなんてできないからね」

「でも、私でなくてもいいいんでしょう？」

「そんなことはないよ」

最後のコーヒーが運ばれてきた。酸味の強い豊かな香りがした。

「酔っ払ったのかな？　私」

彼女は耳の上の短い髪の毛をつまんだ。銀色のピアスが輝いた。彼女は椅子の背もたれに体を押しつけて、コーヒーを飲んだ。

「美味しいフランス料理を食べられたんだから」と彼女は言った。「どうでもいいわね、そんなこと」

「簡単な結論だね。あなたにしては、珍しく」

「頭に回るはずの血液がみんなお腹にいって大活躍してるのよ」

「なるほどね」とぼくは言った。

「なるほどよ」と彼女は言った。

確かに彼女は少し酔っていた。

請求書にサインをして、ぼくたちはフランス料理店を出た。マネージャーは最後まで愛想が良く、上品な微笑を絶やさなかった。

夜の風は冷たく、心地良かった。ぼくたちは道路ぞいの歩道をゆっくりと歩いた。遠くに高層ビルが小粒の光をちりばめたようにそびえていた。空は晴れていて、星まで見えた。

「すごく贅沢しちゃった気分ね」

「たまにはこれくらいしないとね」

「あなたが一所懸命働いてるからね」

「仕事の話は、今日は止そうよ」

ぼくはズボンのポケットに両手を突っ込んで、肩をすくめた。街路灯が等間隔にともり、道を照らしていた。ぼくたちの影はよりそったり、離れたりをくり返していた。歩いている人は他に誰もいなくて、わきをたえまなく車が走り続けていた。

「あのね、話していい？」

彼女はぼくの上着の肘のあたりをつまむように持った。

「何？」

「近頃、ずっと考えてるのは、私たちが一緒にいる意味なの」

「意味ね」

「あなたはどう？　私でなければならない理由ってある？」

「ぼくはあなたと一緒にいる意味について悩んでないからね」

「そういう展開はズルいと思わない？」

「思わないよ」とぼくは言った。「多分、意味なんて問い始めたら、おしまいだよ」

彼女は少し沈黙した。ちょっと力をこめて上着をつかんだあと、彼女の手はぼくから離れていった。

「そうかもしれないわね」と彼女は言った。

彼女とぼくの間を冷たい風が吹き抜けていった。

タクシーに乗って、ぼくたちは黙り込んだまま家路に着いた。彼女は窓ガラスに額をくっつけて、夜の街を見つめつづけていた。ぼくは彼女の手を握っていたけれど、冷たく小さな手は彼女の手のようには思えなかった。カー・ラジオから、土曜の夜はダウン・タウンにくり出そう、と歌う山下達郎の声が流れていた。

部屋に戻ると、彼女は風呂に入り、上がるとすぐに自分の寝室に閉じ籠った。ぼくは居間でビールを飲みながら、カセット・テープで〝シュガー・ベイブ〟の『ソングス』をくり返し聴いた。

一時間ほどして、パジャマに着換えた彼女が居間に顔を出した。化粧を落としたせいか、顔色はすぐれなかった。陽の当たらないベッドで療養している病人みたいに。

「疲れたから、先に眠るわ」

「うん」ぼくはグラスを持ったままうなずいた。

「何かつまむもの、作りましょうか?」

「いや、いいよ。それより、一緒に飲まないか?」

「お酒?」

「お酒でなくてもいいよ」

「牛乳を飲む」

彼女は冷蔵庫から牛乳のパックを取り出し、背の高いグラスに注いだ。ぼくの横に彼女は坐った。ソープの匂いがかすかにした。

「いい曲ね」と彼女は言った。

「いい曲だ」とぼくは言った。

言葉が跡切れて何分かたった。二人の沈黙を軽快なポップ・ミュージックが埋めていた。けれど、それだけでは、もう間に合わなくなっていた。

「あなたは前、ぼくが自分自身の声で喋っていないと言ったことがあっただろう？」

「ええ」

「今でもそう思ってる？」

彼女はグラスをもてあそんでいた手をとめた。白い牛乳が一筋グラスを伝っていた。彼女は足元の一点を見つめて、何か考え込んでいる様子だった。

ぼくはビールをグラスに注ぎ、一息に飲み干した。口のまわりで泡が弾けた。

「思ってるわ」

ため息をつく感じで彼女は言った。目を上げて、ぼくを見た。濡れた瞳には光が一つ寂しげに宿っていた
「ぼくはね、悠、自分がどんな風に喋ってたのかもう忘れてしまったんだ。ブルーディ・狐がぼくのなかに入り込んできた。ぼくもブルーディ・狐を変えた。もう区別もつかないし、切り離すことはできやしない。仕方ないんだ」

ぼくは両手を合わせ、そして、離した。右手と左手は見えない糸で結ばれている感じがした。

「それで……あなたはどんな気持ちなの？」

小さな声で彼女が訊いた。

「別に、何かがとりたてて変わったような気はしないよ」

「そう？」

「ああ、そう」

彼女は口元だけに微笑を浮かべた。砂山が風に吹かれて、少しずつ崩れていく。そんな感じの微笑だった。

牛乳の入ったグラスをテーブルに置くと、彼女はソファの上で軽く伸びをした。

「本当に眠くなっちゃった」

「ぐっすりお休み下さい」

「そうさせて頂きますわ」

グラスを片付けて、彼女は居間を出ていこうとした。白い足首が見えた。ぼくは目をそらして、ビールを飲んだ。

「今日はありがとう。とっても美味しかった」

ドアに隠れるようにして、彼女は言った。

「あなたに喜んで貰えて、ぼくも嬉しいよ」

「何が一番美味しかったか、訊いて？」

「…………？」

「鈍いのね」

ぼくは一呼吸置いて、何が一番美味しかったか、彼女に訊いた。

「象の足」

「象の足ね」

「象の足」と彼女はくり返して言った。

そして、今度は本当に足音は遠ざかっていった。

ぼくは眠る前に彼女の寝室の前に立った。ドアは固く閉ざされていた。ドアに耳を押しつけてみたけれど、何も聞こえなかった。ノックをすることも、ノブに触れることすらできずにぼくは自分の寝室に入った。

象の足、とぼくは闇に向かって呟いた。


彼女と暮らした最後の一年は、表面的には平穏にすぎた。ぼくたちは何かの手違いで同じ部屋に泊らなければならなくなった見知らぬ旅行者のように礼儀正しくふるまった。とりたてて不愉快なこともなく、白けた冷たい空気が漂うこともなかった。

ぼくたちはまるでよくできたモデル・ルームのパンフレット写真のなかに住んでいるみたいだった。そこには、海も、砂浜も、冬の長い散歩もバンド・エイドのコーヒー・ショップもなかった。変わらないのは、ほこりをかぶった大きな天体望遠鏡だけだった。

金曜日の夜、彼女は部屋を出て行き、月曜日の朝、ぼくはそれに気がついた。

七月最後の月曜日。熱帯夜が明け、陽が射し始めると、すぐに気温は三十度を越えた。

ぼくは自室に籠りっきりで書きものをして朝を迎えた。エア・コンディショナーの風にあたり続け、換気もせずに煙草を喫っていたので頭はジクジクと痛み、体中がだるく、体調は最悪だった。

ダイニング・キッチンで冷蔵庫から取り出したレモン・ジュースを飲んで、食卓の椅子に腰を下ろした時に、抽象的な欠落とでもいうような喪失感に捉われた。台所を見回してみても、それがどこから来るものなのか分らなかった。食器棚に食器は揃っていたし、鍋は重ねられていつもの場所に置かれていた。食卓も椅子も電気製品も変わったところはまったくなかった。

腕組みをして、ぼくは食卓のまわりを二周した。一度椅子に坐り、十秒もしないうちにまた立ち上がった。それから、彼女の寝室に行って、ドアをノックした。返事はない。ノブを回すと、ドアは開いた。鍵はかかっていなかった。ぼくはいつも寝室に鍵をかけていた。彼女も同じ習慣を持っていると思っていたけれど、間違っていたのかもしれない。

彼女の部屋はきちんと片付いていた。カバーのかかった籐製の寝台、デジタル時計の置かれたサイド・テーブル、書き物机、英語の背表紙がずらりと並んだ本棚。ゆっくりと体を包んでくる部屋の空気はひやりとして、かすかに彼女の匂いがした。それはとても懐かしい匂いだった。

ドアのところに立ったまま、ぼくは部屋に足を踏み入れるのをためらっていた。彼女がどこかに出掛け、当分は、あるいはもう二度とここには帰って来ないだろうことを空気で感じた。部屋を丹念に調べれば、はっきりするに違いない。けれど、ぼくには彼女の部屋をひっかき回すことはできなかったし、そんなことをしなくても、彼女の意思を感じ取ることはできた。

ぼくは茫然と薄暗い彼女の部屋を時間をかけて見回し、結局、なかには入らずに主のいない部屋のドアを閉めた。

居間に戻って、テレビとラジオのスイッチを入れ、カセット・テープで音楽を流した。不整合に重ね合わされた音を聞いていないと精神の平衡を保っていられないような気がした。

彼女から電話がかかってきたのは、夕方の四時近くだった。ぼくは居間のソファでうたたねをしていた。すべての音を消し、グラスの底に一センチほど残っていたバーボンを飲んでから電話に出た。

——眠ってた？

——気絶してたよ。今、どこにいる？

——あなたは部屋にいるのね。

——ぼくが部屋にいることくらいぼくだって知ってるよ。

——私だって、自分がどこにいるのか、知ってるわ。

——会社にいるわけじゃないだろう？

——私用の電話はオフィスからはかけないわ。

——いい心がけだね。

——ボスがうるさいのよ。

——で、いつ帰ってくるんだ？

——ねぇ、冷蔵庫の牛乳は飲んじゃ駄目よ。傷んでるかもしれないから。

——悠ちゃんは、お家にいつ帰ってくるつもりなのかなあ？

——可愛い声を出しても、薄気味悪いだけよ。

——南氷洋ではシロナガスクジラが潮を吹いてるんだぜ。

——………？

——ゾウアザラシは大あくびしてさ、王様ペンギンがよたよた歩いてる。

——頭、大丈夫？

——意味のないことを言って、時間を稼いでるんだ。逆探知には時間がかかる今日この頃。

——サスペンス・ドラマの見すぎじゃないの？

——ところで、あなたがしているのは、正式には、家出というのかな？

——まあ、そうでしょうね。

——居場所を教えてくれたら、バラの花束を抱えきれないくらい持って迎えにいってもいいな。

——バラは高いわよ。それに、今どこにいるのか、答えたくないの。考えがまとまったら手紙を書くわ。

——遠いところなんだな。

——どうして？

——電話代をケチろうとしているから。

——相変わらずの、今日この頃ね。

——金はあるのか？

——ヘソクリがあるわ。

——ヘソクリね。で、例えば、あなた宛てに手紙が来たら、どこに転送すればいいのかな？

——わりと巧妙な手を使うのね。

——いやいや、汚れた下着の通信販売みたいに抜け道はいくらでもある。

——汚れた下着の通信販売を始めるの？

——正直な話をするとね、ぼくは相当に動揺してるんだけどね。冗談を言う気はしないんだ。動揺だぜ、歌謡曲なんて突っ込みはしないでくれよ。

——あら、まあ、鋭い読みね。

——帰って来る気はあるんだろう？

——そうね。どう答えたらいいのか、よく分らない。

――どうして、家出なんかしなきゃならないんだ？

――……その答えはパス。

――パスね。説得力あるよ。

――ねぇ、お酒飲みすぎちゃ、駄目よ。それから、寝冷えして風邪をひかないでね。今年の夏風邪は酷いらしいから。

――あなたにそんなに心配していただけて、ぼくはとても光栄だよ。

――元気にしててね。手紙を書くから、ちゃんと読んでね。

――いつ、帰って来る？

――………。

――パス二回か。……あなたの部屋はそのままにしておくよ。体に気をつけて、金がなくなったら言ってくれれば送るよ。それから、独りでいるのに飽きたら、いつでも戻っておいで。

――ありがとう。じゃ電話代をケチる必要があるから。

――うん。変な男にたぶらかされちゃ駄目だぜ。

――分ってる。……逆探知は成功しそう？

――どうだろうね。

――成功していれば、いいわね。

――そうだね。

――勝手なことして、ゴメンね。

そう言って、彼女は電話を切った。

ぼくはすぐに電話会社のサービス係に電話をして、彼女が電話をかけていた場所を調べて欲しいと頼んだけれど、そんなこと分るわけがないと断わられた。サスペンス・ドラマの見すぎじゃないですか？

三日後に長い手紙が届いた。スーパー・マーケットやクリーニング屋や酒屋や米屋がどこにあるのか地図入りで説明してあり、日常生活を送る上でのこまごまとした注意が列記されていた。

汚れが酷い靴下は、と彼女は書いていた。一度下洗いをしてから、洗濯機に入れて下さい。

彼女がどうして家を出たのか、これからどうするつもりなのか、今どこにいるのか、大切なことは一行も記されていなかった。

手紙の消印は都内の郵便局のものだった。けれど、それは彼女がずっと都内にいるという保証にはもちろんならなかった。

彼女は七月いっぱいで勤めていた銀行も辞めていた。彼女の行方をぼくは探さなかった。

翌年の春、ぼくは契約切れを理由に『ミッドナイト・アワー』のＤＪを降りることに決めた。後任のブルーディ・狐はなかなか見つからなかった。ぼくが長くやりすぎたせいかもしれない。

マニュアル通りのブルーディィ・狐が少しずつ狂って、細かいところで数多くの修整が必要になっていた。

後任選びは難航し、『ミッドナイト・アワー』は一時休止することになった。説得を受けつけないぼくに、担当のプロデューサーはあきれ顔で、あなたがこんな頑固な人だとは思わなかった、と言った。

どうしてブルーディィ・狐を辞めることにしたのか、大勢の人に訊かれたけれど、ぼく自身、本当のところよく分らなかった。

南氷洋で鯨を獲りたいから、とぼくはブルーディィ・狐の声で、理由を説明した。

誰もも笑わなかった。

★

最後まで聴いてくれて、どうもありがとう。残り時間はあと十分。番組の初めに約束した通りこれから十分間、僕が個人的に好きな話をしたいと思う。

題名は、残念ながら、忘れてしまった。でも、ストーリーはちゃんと覚えているから、大丈夫。じゃあ、物語りを始めよう。僕が一番大切に思っていた人のために。

森に住んでいる人たちがいた。彼らはつましく、とても幸福に暮らしていた。少年と少女もそんな森の人たちに囲まれて、毎日をすごしていた。

ある日、少年と少女は森の奥深くに遊びに行き、道に迷ってしまった。陽が暮れて、あたりは真暗になり、少年と少女は体を寄せあって、震えながら、夜をすごした。大人たちに禁じられた場所まで足をのばしたことを少年は後悔した。少女は少年の腕にすがり、泣いているうちに眠ってしまった。

三日間、少年と少女は森をさまよい歩いた。森は奥の方から枯れかけていた。大きな木が重なり合うように倒れていた。少年と少女はお腹がすいて、目まいがした。小さな湖のそばで、少女は倒れてしまった。少年は水を汲んで、少女に飲ませた。少女は水を飲んで少し元気になったけれど、起き上がることはできなかった。

二人は食べ物を見つけられずに、夜を迎えた。少年は少女を抱いて眠った。

森を揺らして象の群れがやってくる。象たちは湖に鼻をたらして、水を飲む。何十頭もの象が鳴き声を上げ、水を浴びる。夜の森が輝き始める。繁った樹木の葉がざわめく。象たちは足を踏み鳴らし、耳をばさばさと振る。やがて、象たちはまた群れになり、森の向こうに帰っていく。年老いた一頭の象が、少年と少女を見つける。お腹がすいて死にそうなんです、と少年は言う。何か食べるものはありませんか？　象はじっと少年を見つめる。彼女の分だけでいいんです、と少年は言う。私の足で良かったら、一つだけあげよう、と象は言う。だけど、三本足になったら私は仲間のところに帰れなくなってしまう。ぼくがあなたのために足を作ってあげます、と少年は言って、大急ぎでそばに倒れていた木で象の足を作り始める。不格好だけれど、頑丈な象の足ができ上がる。ナイフを使った少年の手は傷つき、皮がむけ、血だらけになっている。

これなら大丈夫だ、と象は目を細める。じゃあ、君と彼女に私の足をあげよう。よく焼いて、それからよくかんで食べるんだよ。象が一鳴きすると、足が少年の前に落ちてくる。少年は木製の足を象につける。象は群れを目指して、少年の前から去っていく。少し歩きにくそうに足をひきずりながら。

少年と少女は象の足を分けあって食べた。二人では食べきれないくらいの量があった。でも、二人は残さずに象の足を食べた。

目が覚めると、お腹はいっぱいになり、元気が出ていた。少年は少女を揺り起こし、夢の話をした。少女も元気になっていて、同じ夢を見たと少年に言った。

二人はその日のうちに森の人たちのところに帰ることができた。象の足を食べた夢は、二人だけの秘密にしておこうと少年は少女に言った。

時は流れて、森は枯れ果てた。森に住んでいた人たちは街に出ていった。少年と少女は離れ離れになり、少しずつ森の生活を忘れ、大人になった。

サーカスが街にやって来た。大人になった少年は子どもにせがまれて、サーカスを見にいった。ショウが終わりに近付いた頃、一頭の象が姿を現わした。老いた象の一本の足は不格好な丸太棒でできていた。象は鼻を振り上げて、悲しそうに一声鳴いた。変な象、と子どもは言った。

大人になった少年は子どもを先に帰し、独りで、象のオリにいった。夕暮れの光があたりを赤く燃え上がらせていた。象のオリは空っぽだった。さくに手をかけていた独りの少女が振り返った。少女は昔、森で一緒に暮らしていた頃のままの少女だった。

二人で食べた象の足を忘れないでね、と少女は大人になった少年に言った。


以上で僕の話はおしまいだ。つまらなかったかもしれないね。さあ、そろそろ、お別れの時間だ。みんな、長い間、ブルーディ・狐の下らないお喋りを聴いてくれて、どうもありがとう。『ミッドナイト・アワー』はまたいつか再開されるかもしれない。そうしたら、ブルーディ・狐がみんなの安らかな夜の眠りをさまたげることになるわけだ。その時は、よろしく。

本当にどうもありがとう。スタッフ一同、心から感謝している。もうすぐ夜が明ける。朝の光のなかで眠りにつく君たちに——おやすみなさい。みんな、元気で。さようなら。


さようなら、ブルーディ・狐、とぼくは呟いた。

★

番組関係者の拍手に迎えられて、ぼくはスタジオを出た。アルバイトの女の子が花束をくれた。ありがとう、と言って、ぼくは深々とお辞儀をした。誰もが口々に何か言っていたけれど、ざわめきにしか聞こえなかった。

電話に出ていたディレクターが手招きをした。奥さんからです、と彼はぼくの耳に口をくっつけるようにして言った。

「ぼくは独身だよ」

「女房みたいなものだと言ってますけどね。切りましょうか？」

「出るよ」

ディレクターから受話器を受け取って、椅子に腰を下ろした。副調整室では、にぎやかに打ち上げパーティが行なわれ始めた。

——もしもし？

——ああ、あなた。私よ、分る？

——ぼくの女房だって？

——長ったらしい説明をしたって無駄でしょう？

——相変わらず機転がきくね。

——おほめにあずかって、光栄です。

——元気なの？

――うん。あなたは？
――元気だよ。体はね。
――ラジオ、辞めちゃうのね。
――そう。明日から失業者だ。
――もめた？
――もめやしないよ。円満退職だ。
――大変だったんでしょうね。
――どうってことないよ。ラジオ、聴いててくれたんだね。
――今夜だけね。……ねぇ。
――何？
――久々にデートでもしない？
――あなたからデートに誘われるなんて初めてだな。
――そうだっけ？
――そうだよ。しかも、三回に一回は断わったじゃないか。
――忙しかったのね、多分。
――ぼくはいつも暇だったからね。
――これからじゃ、無理？

——失業者の最大の利点は、自由になる時間がたっぷりあることだ。

——で、どうなの？

——もちろん、いいよ。

——私、今、昔二人で借りていた家の近くにいるの。

——知ってるよ、あなたは昔二人で借りていた家の近くにいるんだろう？

——待ってるわ。もし良かったら、すぐに来て。

——すぐに行くよ。

——じゃあ、待ってる。

電話は切れた。

ぼくは受話器を置き、椅子に坐ったまま深呼吸をした。お馴染みの匂いが、コーヒーや煙草やレコード・スプレーや差し入れのお寿司やそんな様々なものが少しずつ混じり合った匂いが、胸の奥にまでしみ渡った。

「帰るよ。長い間、どうもありがとう」

テープを巻き取っていたミキサーの青年に声をかけて、立ち上がった。お疲れさま、と彼は軽く会釈を返した。

副調整室を出ようとすると、うしろからディレクターが追いかけてきた。彼は、ぼくを本当の名前で呼んだ。彼の声で自分の名前を聞いても、実感がわかなかった。銀行の長椅子で絶えまなく他人の名前を聞いているような感じさえした。

「ブルーディ」と彼は言い直した。「待って下さい」

「何？」

ぼくは立ち止まり、振り返った。ジャンパーを羽織った彼は、ところどころに白髪の目立つ長髪をしきりにかき上げながら、近付いて来た。

「一緒にやりませんか？　朝まで騒ぎましょうよ」

「悪いけど、先約があるんだ」

ディレクターの肩越しにスタジオが見えた。灯りが消され、古い倉庫みたいだった。

「そうですか、残念ですね」

「お世話になったね、ありがとう」

ぼくは彼と握手をした。柔らかな冷たい手だった。

「遊びに来て下さいよ、また」

「うん、じゃあ、お疲れさま」

「お疲れさま」と彼は言った。

ぼくは彼に背を向けて、誰もいない廊下を出口に向かって歩き始めた。うしろから人の笑い声が聞こえた。

夜はまだ明けていなかった。スピードを上げて、ぼくは車を走らせた。深い闇が薄くなり、やがて青から白っぽく空の色が変わっていく。海が見え始めて、少しスピードをゆるめた。窓を開けると、風に潮の匂いが混じっていた。

海は和やかで、沖には白いもやが層をなしていた。波頭が砕けることもなく、微妙な動きさえ感じられなかった。深いブルーのゼリーで固められたような光景を左手に見ながら、ぼくは車を走らせた。

彼女は道路ぞいのコーヒーの自動販売機の前にいた。大きめのセーターに細身のジーンズ、それからぶかぶかのオーバー・コートを着て、紙コップのコーヒーを飲んでいた。

車をわきに駐め、ぼくは三年ぶりに海の匂いが濃密に漂う土地に足を下ろした。海からの風が髪の毛をあおった。ジャンパーを着ていても少し寒かった。

「あなたも飲む?」

紙コップをちょっと上にあげて、彼女は言った。

「ぼくは、いいよ。お腹がガボガボなんだ」

「そう」

彼女は紙コップを手の中で潰して、ゴミ箱に捨てた。短かった彼女の髪の毛は約九か月分伸びていた。肩のあたりまで長さのある髪は、けれど、中途半端でおさまりが悪かった。

「久し振りね」と彼女は言った。

「そうだね」とぼくは言った。

一歩、ぼくは彼女に近付いた。手をまっすぐに伸ばせば、体に触れられる位置なのに、彼女はとても遠いところにいるような気がした。

「元気そうで安心した」

「ぼくもだよ」

彼女は昔とちっとも変わっていないようにも思えたし、酷く変わってしまったようにも思えた。同じポーズで年に一度撮影したフィルムを二十年分重ね合わせたみたいだった。

「いつから、こっちに来てたんだ？」

「さっきから。じゃなきゃ、風邪をひいちゃうじゃない？」

微笑を浮かべて、彼女は答えた。

「どこで暮らしてるの、今？」

オーバー・コートの襟を立てて、彼女は体をすくめた。強い海風が砂を舞い上がらせた。

「ねぇ、浜に下りません？」

彼女は先にたって、歩き始めた。ぼくは背を丸めて彼女のあとを追った。砂浜には誰もいなかった。所々にたき火の跡があり、サビの出た空き缶が転がっていた。

砂の上を歩くコツが思い出せなくて、ぼくは足をとられ、何度かつまずきそうになった。彼女はごく自然に歩いていた。柔らかな砂の上に浅く彼女の足跡は残った。

「足が弱ってるんじゃない？」

立ち止まって、彼女が振り返った。波打ちぎわまで来ていた。風のなかに、吹き飛ばされた海の水がまじっていた。ぼくは大またに歩いて、彼女に追いついた。

「職業病だね」とぼくは息を整えながら言った。「坐って喋ってばかりだから」

「じゃあ、これからは丈夫な足を持てるようになるのね」

「まあ、そうだね」

額にうっすらとかいた汗が、すぐに冷たくなった。彼女の肩がぼくの腕に触れた。肩を抱こうとすると、彼女は体をひねって、拒んだ。その代わりに彼女はぼくのジャンパーのポケットに手を入れた。

「あなた、どうするつもりなの？　これから」

「どうにでもするよ」とぼくは言った。

「私のコートのポケット、貸してあげる」

ぼくは彼女が何を言いたいのか、よく分らなかった。

「手、冷たいでしょう？」

彼女はぼくのジャンパーのポケットに入れた手を小さく前後に動かした。

ぼくは彼女のコートのポケットに右手を入れた。ポケットの中には、彼女の手の温もりがまだ残っていた。

「あなたは、今、どうしてるんだ？」

「小さな事務所で働いてる」

ぼくたちは波打ちぎわにそって、ゆっくりと歩いた。彼女が海側にいて、ぼくが陸側にいた。

「生活に困ったりはしてないだろうね」

「してないわ」彼女は頬をゆるめた。白い息が舞った。「失業保険で養ってくれるつもり？」

「失業保険なんてないけど、あなたが望むなら、養ってあげるよ」

彼女は少し沈黙した。打ち寄せる波の音だけが響いた。

「ねぇ」彼女は足を止めた。「私の天体望遠鏡、まだ部屋にある？」

「あるよ。あなたの部屋はそのままにしてあるから」

ぼくたちは乾いた砂の上に坐った。流木が朽ちた象の骨のように転がっていた。指先でつつくと、ポロポロと木片が欠け落ちた。

「天体望遠鏡がどうかしたのか？」

「ううん」彼女はうつむき加減に首を振った。「ただ、ちょっと思い出しただけ」

陽が昇り始めていた。雲の端が金色に輝き、海はオレンジ色の光を横一直線に映していた。

それは、まるで夕陽のような光だった。

「ぼくは、あなたが大学に行ってた頃、時々レンズ・カバーをつけたまま望遠鏡をのぞいてたんだ。真暗で、何も見えなかった」

「私も、あなたがラジオ局から帰ってくるのを待ちながら、同じことをしてたわ」

彼女は乾いた笑い声をたてた。風がすぐに吹き飛ばしていった。ぼくたちはしばらくの間、黙り込んだ。

「象の足を食べる話、ラジオを聴いてる人には分らなかったんじゃない？」

「そうかな」

「そうよ、きっと」と彼女は言った。

「あなたが聴いてくれるだけで良かったんだ。でも、それも本当はどうでもいいことなのかもしれない」

「どうでもよくはないわ」と彼女は少し口調を強めて言った。「私はずっと最後まで聴いていたんだから」

「ありがとう」とぼくは言った。

沖を小さな船が走っていた。動かないように見えても船は確実に進んでいた。風は強く、時々、松林のざわめきが聞こえた。陽が明るくなるにつれ、あたりは様々な音に満ちていくようだった。

「いつ戻って来るって、訊かないの？」

「戻って来る気は、あるの？」

彼女は何も答えず、ぼくの肩に頭をのせて、二、三度こすりつけるように動かした。長いまつげと鼻が白っぽく光っていた。

「あなたに会えて良かったと思ってる」と彼女は言った。

「ぼくもだよ」とぼくも言った。

ぼくは彼女の頭に鼻を押しつけた。彼女の髪の毛からは甘いシャンプーの香りと海の匂いがした。


ぼくたちはそれから一時間ほど海辺の散歩をした。言葉を交わさなくても、とても多くのことを話し合った気がした。そんな風に思えたのは、本当に久し振りだった。

散歩を終え、車で彼女を近くの駅まで送っていった。こぢんまりとした駅で、プラットホームからは海が見えた。

電車が来るまで、ぼくたちはベンチに並んで腰を下ろしていた。朝の光のなかで、ぼくはもう何十年もそうやって彼女といるような気がしていた。

「二人で食べた象の足を忘れないでね」

最後に一言だけ彼女が言った。

ぼくたちはやがてホームに滑り込んで来る電車の音を遠くに聞きながら、春の光に輝く海を眺め続けていた。

プリズムをくれた少女

沢野ひとし

小学校の時にぼくは天文クラブに四年生の時から入っていた。しかしたいして生徒が集まらないために、理科の先生と夏休みに三鷹の天文台に見学に行ったぐらいで名ばかりのクラブ活動であった。

天文クラブに入っているくせに、ぼくはあきれるくらい星の名前を知らなかったし、覚えようともしなかった。そして、理科の試験に太陽や月の問題が出てくると、なぜかできなかった。そんなぼくが天文クラブに入った理由は、望遠鏡そのものに興味があったからである。自分の手でニュートン式反射望遠鏡を作りたかったのである。

星座の本を一度も開かなかったくせに、毎夜、『望遠鏡の歴史』という本を布団の中で読んでは明るい気持になっていた。

小学校時代は今から考えると不思議なことにあまり思い出というものがなかった。というのは、いつもボンヤリした頭で、なにを考えるわけではなく、ただボーッとしていたからである。兄と姉が優秀なため劣等感だけ強い少年でもあった。

そのくせ街でほしいものを見た夜など、兄がお風呂に入っているすきに貯金箱を振って軽いカラカラした音にガッカリしていた。大事な時にはいつも兄や姉を頼りにしているダメな少年であった。


小学校生活の卒業式が近づいてきた頃、とにかくぼくは反射望遠鏡を作りたかった。四年生の誕生日に買ってもらった天体望遠鏡に不満を持っていたのだ。満月の夜など月を眺めては、倍率の大きな望遠鏡があれば、きっとクレーターが見れるのになあ、とふてくされていた。またこの時だったと記憶するけど、火星が地球に何十年ぶりかに異常接近する年だったので、科学雑誌にさかんに火星についての記事が載っていた。火星人についてもあやしい絵が新聞に空想図として描かれていた。ぼくにしても大きな倍率の望遠鏡で火星人を研究したかったのである。だから一五〇倍くらいの反射望遠鏡がほしかったのである。勉強をすれば買ってあげると母は言うのだが、それは無理なことなので、自分で作るとある夜決心した。

最初はガラス屋に入っては「反射望遠鏡に使うレンズはありませんか」とたずねて歩いていたのだが、どこのガラス屋も相手にしてくれなかった。ある親切なガラス屋のおじさんは、ガラス屋であつかうガラスと望遠鏡で使うレンズは材質が違うのだと教えてくれた。ぼくは二センチぐらいの厚さのガラスをへこましてレンズを作るつもりでいたのだ。

そもそもニュートン式反射望遠鏡のはじめは銅を磨いて、レンズのかわりに使用したのである。このことを本で読んでから、反射望遠鏡のレンズは銅で作ったほうが、なにか正しい気がして、それからというもの銅板にみがき粉をかけては磨いていた。

兄や父は毎夜コタツの中でせっせと銅板を磨いているぼくの姿を見て、ただあきれていた。こんな銅板をいくら磨いても反射望遠鏡のレンズになるとは、とうてい思ってもみなかったが、ひたすら磨くことでかすかな夢を持っていたのだ。卒業式が近づくにつれて、なにかしなくてはと、ぼくなりにあせりがあったのだろう。毎日毎日学校から帰ってくると銅板を磨いていた。机の中には来たるべき反射望遠鏡の完成を待って大小のレンズがひっそりと眠っていた。

そして、ぼくと同じようにすこし頭の弱い、ませた隣のクラスの友達をそそのかして、彼に銅板を持たせた。しかしいつも鼻汁をズルズルさせている彼の興味は、クラスに転校してきた少女だった。

五年生の時に静岡から転校してきた少女にあこがれていたのである。

彼女は眼の大きな賢そうな子だった。あたたかそうな品のいいセーターにくるまって、いつもすこし硬い表情をしていた。中学校は私立の慶應義塾大学付属中学校に入ることになっていた。

ぼくにしても友達にしてもしょせん相手にしてくれる人ではないのだ。セーターのそでで鼻汁をぬぐいながら、彼の告白を聞く時、ぼくはいつも暗い気持になるのだった。

だいたい転校生というのは簡単に友達ができないものである。そしてたいていの場合そんな転校生に近づいていく友達は影のうすい子である。彼女の場合も彼女が美人なためになおさら目立たないのかもしれないが、影のうすい、おとなしい近藤道子という生徒と仲良くしていた。

そしてクラスの仲間も転校生には弱かった。彼女と成績をあらそっているクラス委員の男は、勉強のできないぼくにわざと、

「木は英語でツリーというんだよ。ほらクリスマスツリーというじゃない。英語のスペルはこうなんだ」

などと彼女に見せたいがために紙に書くのだった。

卒業式が近づくにつれ、優秀な人たちは英語を勉強するようになっていた。ボール遊びと銅板にしか興味がないぼくは、そんな時、英語のスペルが書かれたノートを見ると、そのノートを破いて窓から捨ててしまいたい衝動にかられるのだった。

またお別れ会の時に転校生が弾くピアノの曲がショパンの「別れの曲」だということを友達から聞かされ、深い溜息をつくのだった。音痴で音楽のテストはいつも無言だったぼくは、音符というものがほとんど理解できないままに、小学校が終わろうとしているのだった。

そんなある日、帰りじたくをしている時に、影のうすい近藤道子の筆箱に小さなプリズムが入っているのを見つけた。

レンズに興味を持っているぼくは「あっ、プリズムだ」と彼女の前で大きな声で言った。すると彼女はいつものように気の弱そうな、はずかしそうな顔をして笑ってみせた。

ぼくはその小さなプリズムを、沈みかけた冬の太陽にかざしてみた。絵に描いたような七色の光は机の上の紙に映らなかったが夢中になっていた。反射望遠鏡のためにもプリズムがほしかった。

近藤道子は時計屋の子供だったのか、プリズムなら家にたくさんあるからあげるわ、と言った。ぼくはとたんに幸福感につつまれ、「すこしぐらい欠けていてもいいから」とたのんだ。

少年にとってプリズムというのは、とてつもないほど高価な不思議なものに思えてならなかった。

しかし近藤道子はプリズムをなかなかくれなかった。催促したいのをガマンしながら毎日学校に行っていた。彼女はプリズムの約束を忘れてしまったのだろうか、冗談を言いながらでもいいから、ぼくは口にしたかったのだけど、なぜかいえなかった。

三つアミをして、黒いカバンを下げて転校生と歩いて帰る彼女を二階の校舎から眺めては、「プリズム、プリズム」と心の中でつぶやいていた。

卒業式の前の日、彼女は小さな箱を砂場の前でくれた。家に帰って開いてみると、うすい紙につつまれて、前に見たプリズムが一つあった。彼女の筆箱にあったプリズムなのである。そして短い手紙が入っていた。

——嘘をついてごめんなさい。

卒業式の時、ぼくのポケットの中にプリズムがあった。ぼくは校長先生のあいさつを聞きながら、時々ポケットに手をいれ、その三角のプリズムをさわっていた。

かぼちゃ、come on！

平中悠一

できるかぎり左へ車を寄せてから、心を込めてパーキング・ブレイキを引く。シフト・レヴァーを跨いでドアを開け、僕はペイヴメントへと降りた。
清らかな、山手の風に洗われた、夏も終わりの僕達の街。折から降りたトワイライトは通りを行き交う女のコ達に、例の魔法をかけていた。手入れのいい髪。ゴージャスな脚。リスキーなドレス。どっかのビーチの日灼けの名残り。この夏、身に着けたプライド、そしてハート・ブレイク。——音を立てずに口笛を鳴らし、僕は感謝の意を表した。

　といって僕はもう、17のガキではなかった。街に100人の別嬪が溢れても、その殆どが先ず、僕にはひとカケラも関係ない。それくらいは身にしみていた。ショー・ウインドウに並ぶ100着のキレイなスーツと同じようなものだ。否、もっと酷いかもしれない。同い年の短大に上がってしまったGF達は、この春から、魔法の解けたシンデレラのように疲れた顔で通勤電車に詰め込まれていたし、新しく知り合う女のコの数はクマのプーのハチミツのようにシーズン毎に減り続けていた。自分は誰の役にも立たない、何の値打ちもない人間だと、幾度か一分の隙もなく論理武装するハメになり、口が裂けてもそれだけはいうまい、と決意していた。世界はお伽ばなしのように麗しくはないし、どこかのチンピラ文士が描くまぬけな《しょうせつ》ほどお気楽でもない。17の頃みたく、ついえることないハッピー・エンドを手にいれる呪文《パスワード》の存在を夢見ることは、もう、僕にも楽じゃない。

それでも街はよくしたもので、17の頃には判らなかった別の嬉しさを与えてくれる。つまり、もはや17の頃のようなガキではなかった僕は、けれど違ったガキではあったかもしれない。

☆

後ろ髪を引かれるように、消えのこる夏の残りがに包まれて、2ブロックばかり歩いて行けば、みんなが待つチャイニーズ・レストランへ辿り着く。僕はちょっと当惑していた。街の空気の残酷な優しさに。それぞれの年に、また巡り来るそれぞれの季節、その時刻。口笛ならす街のピンナップ・ボーイズは、同時にどこか真摯《シンシアー》に彼の失くした肋骨を捜しているし、シカトを気取ったフラッパーズも後生大事に彼女のナーヴァスなガラクタを抱き締めている。なんにも変わってやしない。ティーンも、今も、この先も。僕がどんなに変わった気でも、同じように街は僕を包む魂胆なのだ。ったく、ったく。ほーら、なんにも変わっちゃいないだろ、って。

　レストランに着くと、戸口に並んだ幾人かの勤め人らしき客をすり抜け、あまり小綺麗とはいえない店へと入る。仲間の名前を告げると流暢な日本語で、２階へ案内された。

　ゴブサター、とかいいながら顔を出すと、「おー、元気ぃー？」とかってみんな顔を上げる。ボーイズとはこづき合い。女のコ達とは浮気しなかったー、ってのりで、肩抱き、投げキス、そしてウインク。パーティ頭、いつものリチュアル。さいごにポツンと彼女のすがた。なぜだか僕はペコリとお辞儀。

――ったく、ったく×××。

と、タケオが軽くタックルをかます。

「ダメだよ、彼女は」

俺がイタダク。耳打ちをした。

げー、なんでー

そんなのアリかよ？

突っかかると、フッフッフ。タケオは不敵に笑ってみせた。

「勝負、あった。この野暮天が。俺なんてウインクかえされちゃったもんね、さっき。イタダキ、よ」

　はーん

唄うじゃねえか
僕も負けずに顎を上げる。

「だってさ。いいか、冷静に考えろよ。このシチュエイションで、このメンツ。勝利の女神が微笑むのは……」

俺
「か、俺だよ」

うん。ちょっと考えてから僕は頷いた。タケオは鷹揚にうなずきかえし、

「ところが、お前、スランプらしいからさ。もう、俺の勝ちよ、悪いけど」

恋にスランプなんてあるのかよ。ムッとしながら僕は訊いた。

ねえ、こういうシチュエイションって何のことさ？

「俺のリサーチの結果、競争率たかいよ、彼女」

え、まじで？

もっともらしく、上目づかいに、黙ってタケオは2度、頷く。

「彼女、かあいいし、セクシィだし、その上新顔で1年生だぜ。誰が放っとくか、ってんだよ。おまえはいつもイイトコドリだから判んねえだろうけど、大変だったんだぜ、このセッティング」

どうしてさ？

「だって、ほら見ろよ、このメンツ。夏休みなんて家にいないんだってば、みんな。電話かけまくりよ、俺なんて。ミコノス、タヒチだ、ナッソーだ、って、もう、おまえらみんなボンド・ガールかよ、っていいたいよね」

それは、御苦労

僕は少し笑った。確かに考えてみれば今回のセッティングの主役があのコなのは明白だった。集まった女のコ達は僕らの1級下のコ達。そのうちの幾人かは下手すると中学時分を知っている。そういう古くから付き合いのあるグループの流れのコ達だった。同期あたりのコ達との付き合いが薄くなったということもあったけど、夏休み終わりのタイミングでみんな集めて彼女達と遊ぼうぜ、ってすんなり盛り上がった原因は、3ヶ月も以前にあったのだ。タケオと僕と何人かが、山手の通りをぶらついていて、ばったり、ひとりの見覚えのない別嬪を含んだ彼女達のグループに出会った時に。にわかに僕らは色めき立った。確かに彼女は、そんな気分じゃなかった僕にさえ、十分チャーミングに見えたほどだった。すかさずみんなは、いやいや、ここで会ったのもお導き、どこかでお茶でも、とかってふったけど、肝心の彼女には、ごめんなさい、用事があるの、と消えられてしまった。彼女がアメリカに留学していて、1年生だけどみんなより本来は1級上——即ち僕らと同期——であること、高校までは別の学校に通っていたこと、そして見かけにたがわず、なかなかの発展家であることはその日のうちに聞き知った——恐怖！　女の友情——けれど、タケオを含めた何人かの隠然たるアプローチ活動にもかかわらず、まぁ、嬉しい。でもみんなでお会いしましょう、とつれなくあしらわれるうち、夏休みへと突入し、結構ガード堅いんじゃないの、みたいな風評以外、全ては今日まで持ち越された格好だった。そんなみんなのアクションに加わるだけのゆとりは僕にはなかったし、今日だって別に勝負！　ってのりではなかったけれど、タケオの話しを聞くうちに、俺もヒトクチ、って気になりだした。向こうっ気だけは強いから。

「まあ、ともかく。そんな苦労を買って出たのも、ひとえに彼女にお越しいただきたいがため」

鼻をうごめかすタケオの言葉に、
悪どい奴
からんでやると、

「悪どい、ってのは言葉が悪いんじゃないか？」

じゃあ、何ていうんだよ？

「俺はただ、『愛の可能性』を信じたいだけよ」

いってろよな。

僕のあきれ顔にシカトして、

「OK」背中を叩くと、タケオは、さぁ、みなさん、今日はぐわんぐわんに行っちゃうよ、かなんかいって、場を仕切る態勢に突入した。

そこへ、

「おーす」とかいいながら、下から上がって来たのはミチローだった。

いやいや、これで役者は揃ったか、とかいってると、後からターコイズ・ブルーのかっちりしたワンピースに身を包んだ女のコがついてきた。ミチローの手を借り、髪をかき上げて、狭い階段を昇り切ると、ヴィトンのバッグを背中に回し、両手で持つと、

「どーも」

と僕らにお辞儀する。そして、
キャー、って、開いた両掌を振りながら、女のコ達の中へ入っていった。

僕らは反射的に、無言でミチローを取り囲んだ。

「どうなってんのー」タケオはミチローの牛のような首ねっこ押さえる。

「怒んないから、アホにも判るよう、説明しなさい」目は、怒っていた。

「いやあ、先に待ち合わせしてたんだ」

また、どうして？

優しげに訊いた、僕はミチローの手首をひっ摑んでいた。

「そりゃ、お茶でも、って思ったからさ」

「だからっ、どうして!?」

「いやいや、でも良かったよ」僕らの詰問に答えず、ミチローは女のコ達を見やった。

「ちゃんとみんなに話してたんだー。これって、ステディ、だよな？」逆に僕に訊き返した。

「ルナちゃんは話したかも知んないけどなぁ、おまえは何も話してないぜ」

タケオが口をはさんだ。

「何でー、ちゃんと話したじゃんか」

そりゃ、おまえが惚れてる、ってのは聞いたよ
と、僕。

「いつの間にこうなっちゃったんだよ？」

「まぁ、こないだのデイトでな」

ミチローはにまにまと笑った。そして、朗らかにいった。

「お陰さまで、俺にも初めて『愛』ってもんが判ったよ」

「なんでー、それ？」タケオははっきり、切れていた。

「いや、ほんと、ほんと。お前らのお陰だよ」

お前ら、って？

「勿論、お前とタケオだよ」ミチローはまたしてもにやけて見せた。

俺と
「俺か？」

タケオと僕は顔を見合わせた。

「そうさ」ミチローは大きく頷いた。

「あんな簡単なことだったらもっと早く教えてくれればよかったよ」

へ？　と僕らはまた、顔を見合わせる。

「ま、いいよ、いいよ。教えてくれたんだからさぁ。これで俺の人生も見通し明るいわ、お前らみたく、な」

そういうと、

「よーし、今日は俺が仕切っちゃうぞー」

かなんかいいながら、テーブルへ向かったミチローを、女のコ達はキャッキャと迎える。

「単純ばか」呟くタケオに、

「教えた、って何だよ？」他のボーイズが訊いた。

「何だろう？」

タケオは僕を向いた。

あれ──かな？……

小さく、僕はいった。

「あれ……って」

タケオは首を傾げると、

「あれかぁ!?」素頓狂な声を上げた。

まさかなぁ

僕はいった。

でも、とタケオは真顔になった。

「他に何かあったか？」

さあな？

僕は肩をすくめて見せた。

☆

そうこうするうちビールがサーヴされて、音頭を取ったのはミチローだった。

「中華を食って、中国人になろう、ヴ・ゼット・シノワー大会《タイカーイ》ー！」

でんでんでん、ひゅーひゅーひゅー、パフパフパフパフ。拍手とともに、口々にみんなは叫ぶ。

強気の予告そのままに、マニュヴァリングの結果タケオは彼女の右隣りというグリッドを獲得していた。彼女から見れば、隣りの隣りのまた隣りに座ってしまった、僕は、なす術もなく、いつもの手管で彼女の笑いをとっているタケオと、世界を手中に納めた気になっているミチローを見比べていた。

「ちょっとぉ」

と、隣りのリカコが僕の肩を押した。

「なに煙草ばっか吸ってんのよ、煙突じゃあるまいし。悩むこともないくせに」

あのなぁ
綺麗に前髪を揃えたリカコを僕は見た。

他人を外見で判断するなよな
くっきりした眉に、パールのシャドウ。たまご型の頭のちいさなあごを上げ、彼女は灼けた喉を見せた。

「内面しられてないと思ってんの、あたしに？」

ヘンな顔をひとつくれると、微妙に鎖骨にのったネックレスを、僕は下から、中指で、軽く、弾いた。

「女のコのことしか考えてなーい」

——当たらずといえども遠からずだった。けれど、そうだとして、それしか考えてないとしても、考えよう、ってものがある。それが僕の言い分である。

ねえ
僕は話しをずらした。

知ってたんだ、ミチローとルナちゃんのこと？

「ああ、うん」

リカコは2度、頷いた。

「ルナ就職きまったからね」

そうなんだ？

「うん」

いいながら、彼女は僕の皿へ料理をとった。

「結構プレッシャーなんだから。反動で男のひとりもつくっちゃうわよ。ほんとはお気楽ボーイズの相手してるほどヒマじゃないんだからね、あたしたち、今」

夏休み旅行してたくせに
「メンタルな問題よ。2年経ったら判るんじゃないか？」

おいしいよ、食べてみな。リカコはいった。僕はひと口たべてみた。味のほどは百も承知だけど、あらためて、旨かった。

「後はミチローくんがマトモに就職するのを待つばかり、だったりして。彼ん家けっこうちゃんとしてるし」

まぁ、そうカンタンには行かないかー。そういうと、左手で右から髪を押さえ、リカコは僕の顔を見た。

「なーんて顔してんのよ」

僕をこづいた。

「あなたはねぇ、そういう柄じゃないのよ」

何がさ？

僕は訊いた。

リカコは箸をおき、膝から僕を向いた。

「ねぇ、あなたは女のコにウッツを抜かしてなさい。女のコに思いっきりウッツ抜かさないんなら、あなた、いいとこひとつもない。考えちゃだめよ、あなたは」

いい捨てると向きを変え、

「ちょっと、タケオっ」

陽気な声を出した。

ったく、ったく。ひとつには、リカコは僕がふた月前ダメにした女のコと、中学以来の親友だったから。ツーツーだよなぁ、そりゃ当然、
次の皿が運ばれて、僕もみんなと声を上げた。

☆

リカコが席を立ったので、とりあえず、僕はタケオの隣りへ移った。タケオ越しに、
ヤア、と彼女に声をかけると、
「あーん？」

タケオは露骨に不平を鳴らす。

「お前はいいんだよ。今日は大人しくしてな」

そして彼女に向かい、

「こいつスランプなんだー、前の女ひっぱっちゃって」

おい、止せよ
僕はタケオ越しに、嘘だよ、うそ、とフォローする。

へー、とからかうような声を出したタケオは、ちらり、と斜め奥のミチローを見て、ちょっ
と真顔になった。

「なあ」小さくいった。

「お前もしかしてあの話し……」

え
あの話しって……あれか？

肯いて、タケオは訊いた。

「まさかあの話し、さ……」

マジだった？

タケオの言葉を僕はさらう。

「シャレ、だろ？」

――だよ
小声で僕が応えると、
「だよなっっ」
力を込めてタケオはいった。
「冗談じゃねぇよな、ったく。からかい返してやがんだぜ、あいつ。調子に乗って」
立場が変わるとこうも変わるかよ、なぁ
僕もタケオに同調した。
「ねえ、なんのお話し？」
彼女が割って入った。
「いやぁ、ほら、あのミチロー。俺もこいつも長い付き合いだけど、今日はじめてミチローにもユーモアってヤツがあるんだなあって判って、な？」
僕に振るので、
そうそう
友人として、先ずはめでたいな、と
「そういう話し」
タケオがそう締めると、彼女は曖昧に首を傾げた。

☆

1週間ばかり前のことだった。

タケオとミチローと僕はみんなが高校時分から残っているバーにいた。いつの間にか、ミチローくん恋のお悩み大相談大会が始まっていた。ミチローは僕やタケオとは少し毛色の違うタイプの男だった。高校の半ばまではクラブ活動に熱中していて、もしも身体的な事故と侠気に起因するトラブルがなければ、すくすくとその方向へ進んで行けたはずだし、僕らとこんなに打ち解けることもなかったはずだ。彼は自分の歩んできた道こそが日本の正しい男のコのあるべき姿、と思っていただろうし、僕らはその系のコ達にたいして、ちょっと勘弁、みたいな印象を持っていた。アピアランスだけをとってみれば、僕らはどうも仲良くなんてなれそうにない。けれどサムシング・エルスがあったのだろう、今にしてみれば結果的に、底の部分では僕らはお互いに一目おき合っていた。かえって自分自身に対して、自信満々なんかでは決してない。むしろ首の皮1枚のとこで、どうにか自分を信じようとしていた、ってくらいのもんだった。自分を信じることのできない奴に世界を信じることはできないのだから。そう。僕らは微妙にではあるが、みんな一種のはみ出ものとして生き始めていたのかもしれない。

まぁ、しかしあくまでそれは底の部分の話しである。要するに、そのとき僕らがそんなことをやらかしていたのは、僕とタケオにしてみれば、からかい半分の酒の肴としてのことだった。ガタイのいい、普段は強気のミチローが、こと恋の話しとなると、からきし弱気になるのがおかしくて。


よーするに抱きたいんだろ？

「止せよ」ミチローはタケオ越しに、僕の衿に摑みかかった。

まあ、まあ、まあ。いいながら、

「ほんっと、お前、アタマが体育会してっからなぁ」タケオはため息をついてみせた。

「行けるって、ルナちゃんは行けるよ。マチガイナイよ」

タケオの言葉はハシバシにまで、イイカゲンさに満ちていた。そのタケオを、

「どうしてそんなに自信満々にいうんだよ？」

ミチローがまた、真面目にとりあっていた。

「だって俺達、彼女と長いもん、な？」僕に訊くので、
俺は高校からだよ
「俺だってそんなもんさ」

タケオは3杯目のマイヤーズ。ロックスの氷を鳴らす。

「アメラグで鍛えたこのガタイ。車は一応、外車だし」

その言葉に、アウトビアンキに詰め込まれるミチローの図を思い出し、僕はちょっとふき出した。

「はじめての1対1のデイトだからさ、お前スーツ持ってる？」

「うん」

「アルマーニか何か？」

「ソプラーニだけど……」

「まぁ、いいよ。それ着てさ、どっか感じんとこでメシでも食って。どっかその線とこに車、停めちゃってさ」

タケオは具体的に幾つかのポイントを挙げた。なるほど。僕も勉強になった。

「それで彼女ぐっと来ちゃえば、もう、イタダキよ」

「ぐっと、って？」

「惚れさせちゃうんだよ。決まってんだろ。そんなのお前キスとか抱くとかいってんじゃねぇよ。そういうのは無理やりだってできちゃうんだからさ」

うむ。そうなのだ。キスをするとか抱いちゃうとか？　そんなことは割にカンタンなのだ。無理やりだなんていわなくたって、そりゃ会っていきなりは無理だとしても、3時間もあればどんな女のコとだってキスくらいには確実に持ち込むことはできるから。

「その、惚れさせる、ってのが問題じゃねぇかよ」ミチローはぶつぶついう。

「だからっ。行けるってば、な？」

オス。僕は応えた。

「説得力ねぇんでやんの」

「説得力、つってもなぁ」タケオは僕の顔を見る。と、「そうか。——そうだよなぁ」タケオは僕の顔を見る。と、

「こればっかは仕方ねぇよなぁ。恋に王道なんてあるわきゃないんだし。そうか、そうだよな」ミチローは独りで頷いた。

こいつ酔っ払ってやんの。

「いゃあ、そうか、そうか。なんか俺、ぜんぜんラクになっちゃった」

？　タケオと僕は顔を見合わせる。

「お前らなんか、ナンパでさ、ちゃらちゃらしててさ、俺なんかとはどっか決定的に違うんじゃないか、って思ってたけどさ。結局、タダの男なんだよなぁ。みんなタイヘン！　な？」

豪快に笑う。

「そうだよな。こうすりゃいい、なんてキマリがある方がどうかしてるよなっ。ま、お互いガンバロウぜっ」

おいおい。励ますかよ？

「そういやお前らも苦労してんだよなぁ。俺だけじゃなくて。タケオだってほら、前の、エリ

カちゃん？」

「ちょっと、待て」

パチ、パチ、パチ。

よくいった、タケオ。

「お前と俺達じゃレヴェルが違うんだよ」

そうだい、一緒にすんなよ
僕もいった。

「なんでー、お前ら。どこが違うってんだよ。みんな迷える小羊よ。なんだかんだいったって、
結局、最後んとこは永遠の謎なのよ」

「お前さぁ、ほんっと、ばかな」

ゆってやって、ゆってやって
「かわいそうだと思えばこそ、調子あわせてやってんだぞ。お前がヘンな格好のボール蹴っと
ばしたりしてる間、俺達がなにしてたと思ってんだよ？」

「待てよ、俺DBだったんだぜ」

「黙ってきけ」一喝した。

「いいか。女のコのケツ追っかけてたんだぞ」

エバってどうする。

「お前とは築き上げてきたものが違うんだよ」

それは、いえた。

「じゃあ、じゃあ、知ってんのかよ?」

「何が?」

「だから、こうすれば落ちる、って王道だよ」

「当たり前だろ」

おいおい。

「そんなことも判らずにな、女街道わたって来れるか。女のコ中心に世界を回せるかっ。そんなせつなかったらなぁ、今ごろ神経症になってらぁ」

——素面なら、けっこう身につまされた発言かもしれない。

「じゃ、ゆってみ、ゆってみ」

「それがヒトサマにものを尋ねる態度かっ」

「ほーら、見ろ。ないじゃないか。あるわけねぇよな」

「ったく。あるんだよ、な?」

って、俺に振るなよ。ミチローはミチローで、

「ないよなぁ、な?」

僕に訊くので、

まぁ、ツボはあるさ
曖昧なことを僕はいった。

「ツボってなんだよ？」ミチローがいう。

「ばっかじゃねぇの、お前」と、タケオ。

「ツボってばツボだよ。指圧とかさ、知らないの？」

「なんだよ、じゃあ、あれかよ？　女のコの体のどっか押さえたら、惚れちゃうっていうのかよ？」

「そーだよ」

あら、あら。

「ぴっ、て押さえたら、それで女のコが夢中になるってのかよ？」

「そーだよ」

おい、おい。

「ばっかくせぇ。どこだよ、それ？」

「あそこ何ていったっけ？　ほら、あのツボ」

タケオはまた僕を見る。

えーっと、な
要は僕だって、けっこう酒が入っていたのである。

ボンノクボ、じゃなかったか？

「そう、それっ。ボンノクボよ、ボンノクボ！」

「ボンノクボぉ？　どこだよ、それ」

「教えてやって、おしえてやって」

ここ、ここ。僕は自分のボンノクボを押さえた。

「そうそう。ここよ、ここ」

タケオも自分のボンノクボを押さえてみせた。

「え、ここか？」

ミチローも自分で押さえてみた。

大の男が3人、カウンターに並んで左手で、自分のボンノクボを押さえていた。

「なんともないじゃん」

「そうか？」

これが女のコにはキクんだよ
な？

まぁ、僕は、完全にからかっていたわけである。

「そうそう」タケオが相槌を打つ。

「だってそんなの聞いたことないぜ？」

「うそだろ、お前。信じらんない。なあ？」

うん、うん
からかっていたのだ。

「そんなの本当だったら雑誌とかに載ってるだろ」

「ばーか、わざわざ載せるかよ、こんなジョーシキ」

「じゃ、みんな知ってるっていうのかよ。みんなそうしてるってのかよ、世間の恋人達は？」

「トーゼン」自信に満ちて、タケオは肯いた。

そりゃ知らないコもいるだろうけどさ
僕は弱気にフォローした。

結局ボンノクボで落としてんだよ
意味不明のフォローだった。

「だって、俺だってミカコん時とかさ」

「ああ、あの脚の太い？」

ボンレス・ミカコ？

僕らが声を揃えると、
るせえ、とミチローは手近なタケオの首を締めた。

「うわぁ、ごめん、ごめん」

まぁ、まぁ。僕はなだめた。

で、ミカちゃんがどうしたって？

「え――。いや、ミカコん時、俺そんなの知らなかった訳だし、それでも口説けた訳だし……」

tut、tut、tuted。態勢を立て直し、タケオは指を横に振る。

「よっく思い出してみろよ。ミカちゃんとの最初の頃を。最初に口説けちゃった、その日、その時を」

ミチローは素直に、目を上へやった。バー・カウンターの向こう側、丁度クアーズのネオン管がジリジリいっている辺りを。

「どうだ？」

「おお……あん時は先ずメシ食いに行ってー」

「いいよ、そんなの、聞きたかねえよ。とにかく触ってないか、ボンノクボ？」

「いや」

「よっく考えてみろよ、その日、その直前を」

タケオの言葉はミョーに熱っぽかった。

「キスとか、したろ？」

「そりゃ、お前」ミチローはにまにましました。

「いい、って。ほら、そん時。どうだよ？」

「え？　そん時ってキスした時か？　そりゃお前、キスだからこうして――」

ミチローは透明なミカコを相手に、両腕をあれこれと動かした。そして、いった。

「あ、触ったかもしんない、俺」

「だろっ！」タケオはミチローの肩を叩く。

「だから。いってんじゃん。みーんなやってるって」

からからと笑うタケオと、ヘンに感心してるミチローの横の、僕も少し考え込んだ。

「でもほんっと、聞いたことないんだよな、俺」

それでもしぶとくいぶかしがるミチローに、

「じゃ、お前なんでボンノクボっていうと思ってんだよ？」

タケオは追い討ちをかけた。

「知らねぇ」

「ボンノクボのボンってえのはな、ボンノウのボン、って書くんだよ」

嘘つけ。

「ボンノウって字、知ってるか、ボンノウ」

「ううん」ミチローが首を横に振ると、タケオは僕の肩を叩いた。

「アオいよなぁー、ったく。教えてやって、教えてやって」

そりゃ、教えるくらいいいけどさ。僕はカウンターの中からボール・ポイントをとって紙ナフキンに書いてみせた。

「煩悩」

タケオはそれをひったくると、ミチローの前に突き出した。

「どーだ！　エッチだろう！」

「うん」頷いたミチローの目には、はっきり尊敬の色が芽生えていた。それでもミチローは訊いた。

「でも、俺、なんかその字、違うような気がする」

「ばかだなぁ、元々はこういう字だったんだよ」

「ホントに？」

「ああ。誰とかの説によるとな。誰だっけ？」

と、また僕に振る。

——ヤナギタ・クニオ、じゃなかったか？

ほんとに酒がはいってたんだってば。

「そうそう。そいつ。そいつがしらべたんだよ、東北の漁民かなんかフィールド・ワークして」

「そうかー、東北の漁民かぁー」

「な、シンピョー性、あるだろ?」
「おー、ある、ある」
って、どこがだよ。
「そっかー、なんか、俺、行けるかもしんない」
「だからっ。行けるっていってんじゃんか!」
「ボンノクボかー」
「ボンノクボよ!」
なっ、とタケオは僕の肩を叩く。
ボンノクボ、ボンノクボ
僕ももはやヤケクソである。
このツボさえ押さえりゃもう、OKよ
女のコはもう、夢中ね
いつまでも変わることなく
「カンタンなんだー」
カンタン、カンタン
永遠の、ハッピー・エンドの始まり、よ
ミチローにそう答えながら、僕は窓の外を見た。トワイライトの中山手通りはおだやかな紫の中《うち》にテイル・ランプを並べていた。なんだか変に酔いが醒めていた。

ミチローは結局ふだんの元気と自信を取り戻していた。大体こいつのお悩みなんて、まともに請け合う方がばかなのだ。そりゃ、からかい半分だった僕のが悪いんだけど。

タケオはと見れば、

「ブラボー、ボンノクボ！　ヴォートル・サンテ、ボンノクボ！」

とかいいながら、豪快に笑っている。そうだった。こいつが何を考えてるか、かんがえるのは高3の春に諦めたんだった。

つきの悪いライターで、僕は煙草に火をつけた。勿論、僕は自分が孤独だったなんていいたいわけではない。僕はただ、何というか、性格的に、ハメを外すのが下手なのだ。

☆

次の料理がサーヴされると、本日、司会進行をあい務めているミチローは立ち上がり、叫んだ。

「挽き肉の、レタス包み、タイカーイ！」

みんなと一緒に拍手して、でんでんでん、とかいいながら、僕は、パフパフ、とかいっている、彼女のきゃしゃな横顔を盗み見た。

低いはなに、薄いあご。オフ・フェイスの前髪に、日灼け映えのする面立ち。親指で髪をすくと、おっきなピアスの耳元から、柔毛でぼかした首すじのライン。誰にも見られていない彼女は、こう、ニュートラルで、料理をとるタイミングか何か、考えるともなくかんがえる気配。と、僕の視線に気づいて彼女はすんなり瞬時にシフトして、僕へ両目を細めてみせた。慌てた僕は口笛のゼスチュア。そのまま彼女は腰を上げ、皿に料理を取りだした。

媚にカケラのムダもない。

ちぇっ。あそんでやんの×××。

僕は自分の頬を舌で突いた。

☆

中華料理屋を出た僕達は高架下を歩いて行った。人通りの少ない街に、仲間の声だけ賑やかだった。いい季節の、気持ちいい宵闇。けれど、僕には風情を愉しむユトリはなかった。次の店はタケオの仕切り。で、タケオはみんなの先頭を切っている。振り返って確認すれば、彼女は殆どケツの辺。=チャーンス!

歩調を遅くしてみたり、靴を直すふりしたり。流れに逆らう小船のように、意図的に、みんなの間を僕はドリフト。彼女の斜め前に付けた。

ちらっ、と振り返る。彼女ときゃっきゃと話してる、上手い具合にルナと目があった。
よう、何の話し？　とかいいながら、ルナをダシに、僕は彼女の隣りへ並ぶ。
「それがさ、ルナ達、こないだこの辺りでぇ」
ふんふん、とルナの話しに頷きながら、
あ、こいつ、もう、邪魔
クールに僕は考えた。こいつスタイルいいけど結構、顔、でかくないか？　とか、カンケーないことも考えた。
ふと、前を見るとミチローが振り返り、少し伸びをしたりして、僕らの方を窺っていた。
ラッキー、と僕は
ねぇ、ミチローが心配してるぜ
「え」とルナは顔を上げる。
ほら、あいつ結構ヤキモチとか焼くからさ
「仕方ないわねぇ、ったく」
ごめんね、と彼女にいいながら、ルナはミチローへと走っていった。ヒールの音が残った。
さて、と。
ヒップ・ポケットに両手を突っ込んで、斜め上から窺うと、彼女は、うふふ、とヨユーの笑い。
僕は、こほん、と咳払い。

絶対、下手にでないぞ。この手のタイプは舐められたら終わりだかんな、とか思いながら、先ずはテキトーな話題から、と……。

いつ帰ってきたのこっちに？

——ああ、イマイチ。

「この春よ」

何年くらいいた？

「1年半、かな？」

じゃ英語とかペラペラだったりして？

——イマイチじゃきかねぇな×××。

「さあね。ペラ、くらいじゃないか？」

アメリカは、どこ？

——こんなの百ぺん訊かれてるよな。

「フィラデルフィア」

ふーん？

フィラデルフィア、フィラデルフィア、と。

ねえ——、ユージン・オーマンディ、って知ってる？

「ううん」

そう
——じゃデルフォニックス、は？

「知らない」

そっか。

足下に目を落とすと、彼女の細いパンプスが目に入った。一等きれいに引き立つかたち。この先、人生なにが起ころうと、彼女に靴の選び方を僕が教えることだけはなさそうだった。

ったく、ったく。

俺さ、知らないんだ、フィラデルフィアって
明るく、いった。

「どこなら知っている？」

合衆国で？

「うん」

「ハワイと、LAと、マイアミ」

なによ、それ。彼女はわらった。

あったかいとこ、好きなんだ
「まぁ。おかしい人ね」

よくいわれる

そういうと、彼女はまたわらった。

えーっと、えーっと、と。

あ、そうか、今1年ってことはダブってんだ、結果的に
やりい。共通の話題、めっけ。

大変じゃない？

「大変よお。ルナちゃんなんか、ずっと『さん』付けだったよ、『さん』付け」

あ、そうか、年上だもんね
学年、テレコになってんだ
ええっと、いくつ？

「同い年」

へえ
21か――って、ちょっと待てよ。

何で俺の年、知ってんの？

「ねえ、憶えていないわよねぇ」

クスクスわらうと、彼女は小学校の名前を挙げた。

「6年生ん時隣りのクラス」

えー。

マジで？

「ほんとおよ」slap。僕のチェックのネル・シャツの、腕を彼女は手の甲ではたいた。

「夏にみんなで会ったじゃない、通りで。名前きいて、ああ、このコ、って思ったわよ。帰って卒業アルバム引っ張り出して。やっぱり、ってね」

ああ、でもな。そういうと彼女は親指を、自分のちいさなあごに添えた。

「憶えてるかと思ったのに。あなた、少しギコチなかったし」

ギコチなかった、か。やれ、やれ、やれ。読まれてるよなぁ。

でも中学とか別だよね？

うん、と彼女は女子校の名前を挙げた。

「中学から通ったの。高3の夏まで」

ああ、そうか、それで知らなかったんだ

俺達あそこのコとは付き合い少ないもん

「うん。うち短大ないからさ。それで今んとこにしたのよ。帰国子女、楽勝、だから」

でももったいないね？

「だって4年制なんて行ってたら私、おばあちゃんになっちゃうわよ」

あはは、そりゃ、そうか

――じゃさ、小学校ん時は遊んだりした、一緒に？

「ううん」

口きいたくらいか？

「ないわよ」

え、だったらどうして憶えてんのさ？

「……ほら、小学校ん時ってさ、好きな男のコの順番とかつけちゃって、女のコ同士で回しっこしたりしてたでしょ。あなた可愛い顔してたのよ」

そうだっけ？

うん、と彼女は頷いた。卒業アルバムみてみな。

「それが、こんな老けちゃって」

老けもするさ
僕は少し笑った。

そうか。そういうのがあったんだ。そして訊いた。

でも、参考までに訊くけど、俺そんなモテなかったよ？

何故だか彼女は笑った。

「だって。あなたを1位に挙げるコはいなかったもの。たいてい4番目とか。良くって2番、とかね」でも入れてるコは多かったわよ。そういって、慰めた。

ちなみに君は何番目にしてくれてた？

さあ？　彼女はわらって首を傾げた。
「でも憶えてたってことは、かなり上位なんじゃないか？」
ああ、もっと早くそれ、知ってたらなぁ
後悔、後悔
「なにいってるのよ。あんなの子供のアソビよ」
でも後悔だよね
まぁ、俺の人生、後悔の連続だけどさ
彼女は例のあごを上げ、
「ヘンなヤツ」またわらった。
だって思い出せないんだぜ
その頃の君を、さ
かあいかったんだろうなァ
「やだ、酔ってるの？」
ぱっと閃いた自分の台詞に僕はちょっとふき出した。
「？　なぁに？」
いやぁ、酔ってたら、今、君にね、とか応えたかもしれない、って思って、さ
彼女は少し、あきれたみたく、軽く、笑った。

――なーんだ。プレッシャー感じて損しちゃった。神は我を見捨てず！　僕は思った。同時に、ごめんね、タケオくんっっ、とかも思った。ただ、プレッシャーが抜けてくのと一緒に、彼女をイタダクために立てるともなく立てていた、プランの方まで抜けていた。だから、次に僕のとった一連《シリーズ》の行動は、全く、完全に、僕にとってもだしぬけだった。

　横断歩道を渡ろうとすると、僕らの前でシグナルが変わった。通りを挟んだ向こうでは、何人かのコ達が立ち止まり、僕らを待っていてくれた。車通りはなかったから、別に渡ることもできたのだ。だのに僕らは足を止めた。

　なぜだか、ふと、僕は、彼女の右の手をとった。

「え？」彼女は僕に手を預け、上目づかいにコトバを求めた。次の台詞、なんてひとつも用意してなかった僕は、からっぽの頭のままに、彼女の瞳を見つめかえした。おっきな瞳に、街灯りが映えていた。

　咄嗟に、いった。

　逃げろ！

　手を引いて走り出すと、まるで予期していたように、ヒールの彼女も難なく僕と走り出した。

　後ろじゃみんなが叫んでいた。１ブロック、２ブロック、３ブロック。もう随分と離れてしまい、そんな必要がなくなっても、僕らは走り続けていた。わけもなく、走ることが面白かった。

やっと立ち止まると、肩で息をしながら、

「今のはなんだったの？」

上気したほおで、彼女は訊いた。ヘンないい方だけど、生まれて初めて地上に降りた天使を僕は想った。

何だったんだろう？

僕はいった。

判んない……

――けど
ガードレイルに凭れている、彼女のあごに指をそえ、

？　と瞬きをする、彼女のほおにキスをした。

「だめよ」そのコトバと、入れ違いに口もとに。

――彼女から顔を離すと、

「なんてことをするの。どさくさに紛れて」

彼女は気分良さそうに、僕を睨んだ。それから、おかしそうに、喉元でわらった。

「走ったの、なんて久しぶり。ね？」

僕のベルト・ループにひとさし指をひっかけて、すんなりガードレイルから立ち上がった。

山手のシックなバーで少し飲んでから、僕らは石畳の坂道を降りていった。夜がおり、街を行く空気は冷んやりしてきた。彼女が自分で、ぴったりとした長袖の、にの腕を抱くと、ブレスレットが、からん、と鳴った。

☆

小学校の同期という話しは僕にはしっくり来なかったし、彼女だって、その頃の僕のことをろくすっぽ知ってやしなかった。けれど、そんなことではなくて、僕はなんだかすごく、いい気分だった。すごく気持ちが近くに思えた。チャイニーズ・レストランで横顔を眺めていた時のような、心もとなさは跡形もなかった。それは下心がなくなったせいかもしれない。そんなことはもう、どうでも良かった。どうでもいい、というのは嘘だけど、その、何というか、まぁ、はっきりいえば、こう、もういただけた気になっちゃってたのだ。

――まだいいんだろ、時間？

そう訊くと、彼女は、ええ、と頷いた。

俺、車だからさ、海の方へ行こうよ、行きたい

海っぱたに何軒か並ぶ、小綺麗なホテルを思うともなく思いながらそういうと、彼女はクスクスと笑い出した。

？

どうしたの？

「なんか笑っちゃう。ちゃんと男になるんだね」

……ハンデがありすぎるよなぁ
ったく。僕はひとつ肩をすくめる。

子供の君を僕は憶えていないから
「ううん。私だって憶えていないようなものよ、それは。知らない同士で出会ったのよ」

でもねえ、と彼女はまた笑う。

「女のコにルースなんだって？　女ったらし、って」

タケオがいった？

慌てて訊くと、彼女は首を横に振る。

「リカちゃん」

げっ。

そんなこといった、あいつ？

「うん」彼女は頷いた。

「——付き合ってたんだってねぇ彼女とも？」

それも、あいつが？

「うん」

そうか。

随分、以前、もう、大昔の話しだよ
3年くらい前のこと。日々の3年はすぐだけど、恋に3年は、長いから。

「気をつけなさい、っていわれちゃった。私なんか子供だったから、もう、ぼろぼろにされたわよ、って」

――ったく。それはこっちの台詞だよ。僕は思った。

「あのコ、かあいいコ、ね？」にこやかに、彼女は付け足した。

大変だよ、付き合うと、リカコは
僕がいうと、

「あら、私だって大変よ」彼女はむくれてみせた。

「一筋縄じゃいかないんだから」

そうなの？

「そうよ」得意そうに、肯いた。

☆

並木の並んだ4車線の道沿いに、停車車両が並んでいた。サイド・ウォークには人影もなくて、街灯が辺りを幸せに照らし出していた。
この辺に停めたはず
俺の車、ちっこいからさ
いいながら、車の列にそい、足どりも軽く、僕は車道を流していった。
車は見つからなかった。
あれ、おっかしいなぁ
こんなに向こうのはずがない。行き過ぎたかな。いま来たとこを、後戻り。ない。
絶対、この辺だと思うんだけどな
頭に浮かんだ不吉な6文字を打ち消すように、
ちょっと待ってて
もっぺん見て来る
行こうとすると、
「ねえ」彼女が僕を手招いた。？　と向くと、足下を指さした。近づいて、覗き込むと、地面に1枚の紙が貼ってあった。
「神戸52は」の……。

その紙をしばらく睨むと、僕はその場にへたり込んだ。

『レッカー移動』。

胸んところに、ずーん、と錘が落ちて来たみたいだった。あんなに丁寧に路肩に寄せたのに。駐禁になんないよう、あんなに、祈るように車を離れたのに×××。

頭の中で、ロマンティックな夜のビーチが、ホテルのベッドの清潔なシーツが、分解写真のように流れて行った。

——ごめん

顔を上げると、彼女は口もとにこぶしをあてていた。笑いを噛み殺していたのだった。やがて、声を立ててひとしきり笑うと、

「あなた、結構、笑わせてくれるよね」

ったく——ま、怒り出すよかはマシか。

立ち上がり、僕は、まだ笑い足りない顔をしてる、彼女の鼻を親指で、弾こうとして、できなくて、力なく、いった。

残念だったね

……口説いたげようと思ってたのに

海っぱた行って、さ

僕の言葉に、彼女はまた笑った。

お前、そうやって笑うけどさ
俺に口説かれるってのは、結構、一大エンターテインメントだったりはするんだぜ
「まあ。それは残念」かろうじて笑い止み、彼女はいった。
ほんとだよ？
僕はヘンな念を押した。
――どっかで飲み直そうか
あと車ひろったげるからさ
まだおかしそうな表情で、
いいわよ、と彼女は頷いた。

☆

山手への道をふたりはまた、並んで歩き出した。歩道の脇にはコンクリートの膝より低い円筒が、車止めがわりに並べてしつらえてあった。

「せっかくの段取りが台なし、ね」

彼女は僕を慰めた。

段取り、ってほどのことはなかったんだけどさ

それは本当だったのに、
そうお？　と彼女は受け流し、僕の左肩に掌を置いた。

「人生、七転び八起き、よ」

ありがたいおことば。

「元気、出しなさい」

彼女はひじで僕の左肩の下ら辺を撫でた。

僕は両手をポケットに突っ込んだまま、眉を上げ、ふたつ、頷いてみせた。

彼女は僕から右腕を離し、２、３ぽ僕の前に出る。

「いい季節ね」振り返り、いった。

「こういう時には、ああ、帰ってよかったなぁ、って思うわ。それは、いろいろあったけど、やっぱりこの街に生まれてよかった。ね？」

……どうかなぁ
僕は首を傾げた。ひとつにはレッカー移動が効いていたのだ。

この街には思い出が多すぎるよ
そう？　という彼女に僕は続けた。

あそこで何を見つけた
あの坂道で喧嘩した

あの曲がり角でキスをした、ってね
もう、ひとつ角を曲がる度にしゃがみ込みそうになるよ
あの日の僕が目の前を歩いて行きそうで
「あの日のガールフレンドも、でしょ？」
彼女のチェックが入った。
「困った人ね。どうするのよ、この先ながい人生。そんなことじゃオトせる女のコもオトせないわよ」
脅すなよ
僕は笑った。そして口を滑らせた。
でも、それもいいかもしれない
怪訝そうな彼女の表情につられ、なおも滑らせ続けた。
しゃがみ込む角をこれ以上ふやしたくはないもの
――しまった。いってから思った。
「蹴っとばすわよ」
一瞬、黙った、彼女はいった。
ごめん
謝ったって、遅いよな。

「そんなの一生ふえ続けて行くのよ。一生、よ。それでも人は生きて行くのよ。って、もう、お説教しちゃうわよ、私。死ぬまでしゃがみ込んでなさい、って」
ごめん、ごめん
俺、やっぱ状態わるいかもしれない
「状態わるいんだったらひとにコナかけないでよね」
憤慨して、彼女は僕の胸にひとさし指を突き立てた。
「こっちまで元気なくなるわよ。そんな状態いい人なんてねぇ、どこにもいないのよ、きちんと生きていればっ……」
そこまでいって、彼女はちらりと下へ目をやった。腰に当てた、自分の手に。そして、短く、愛らしく笑うと、
Snap
腰から上げた手でひとつ、指を鳴らした。
「そうか。これがタケオくんのいう、スランプ、ってやつね。前のコのこと、引っぱってんだって?」
全然
さすがに慌てて僕はいった。ある意味では本当だった。
そうじゃなくて

なんか、こう、
僕のコトバを僕は捜した。
判んなくなったんだ×××
「なにが？」
――恋が
僕のまぬけな発言に、空を向き、肩をすぼめて彼女は笑った。そして、すうっと前へ出た。
すんなり伸びた、両腕を背中で絡めて、くるり、と僕を振り返る。
「恋が判んなくなったって？」
後ろ向きに歩きながら、上半身を僕へと倒した。
いや、元々判ってた、ってわけでもないんだけどさ
ぶつぶつと僕はいう。
と、彼女は車止めの、コンクリートの円筒に、ひょい、と飛び乗り、僕を見下ろした。
「恋はトキメキ、よ」
彼女のコトバを理解すると、首を横に振りながら、彼女の前の円筒に、僕は腰を下ろした。
恋は……タイミング《バクチ》だよ
うん、うん、と頷いて、彼女は円筒の上にしゃがんだ。目線の高さが近づいた。
両手を膝頭に添えながら、

「それでも、恋はやっぱり努力なのよ」

――ったく。

よくいうよ。

何だかよく判んないけども、僕はとても嬉しかった。泣くか、と思った。

僕は彼女の掌をとった。せつなさを取り逃がさないように。ほんとは抱き締めたいくらいだった。

彼女は僕に手をあずけ、車止めからじゅんばんに、タイト・スカートの脚を下ろした。繋いだ手を上げ、くぐり抜け、ねぇ、と甘えた声を出した。

「今度は何から逃げるの?」

内側にはんなり入り込み、肩にふたつの手を乗せた。

瞬間、息を止められた、僕はすぐ、独りで静かにわらった。

「? なあに?」

彼女は僕の手を離す。ぱっ、と僕は掌を広げ、空中に一瞬とめて、下におろした。

みんな君のせいだよ
僕はいった。

「何が?」

スランプだとか、引っ張ってるとかじゃない

「私のせい？」
僕は首を横に振り、ふざけていった。
俺、今日ほどヶーサツを憎んだ日はないよ
かるく右肩をこぶしの横で2度、こづくと、彼女はいたずらそうに、僕を見た。
「またチャンスは来るんじゃかいか？」
そうなの？　僕が訊くと、
「知らないわよ」
笑いながら、彼女はすかした。
残念だなぁ
「残念ね」
お前は判ってないんだよ
いじわるそうに僕はいった。
俺に口説かれる、ってのは、ほんとに、一大アトラクションなんだから
「どんな風に？」
僕はひとさし指を立てる。
歯の浮く口説き文句と腰ぼね蕩かすシチュエイション
「まあ」

彼女は笑わず、手を口に当ててみせた。

「それは、残念。やって欲しかったわ」

ほんとだぜ。僕はいった。


ずいぶん山手に上がっていた。車道には車通りは全くなかった。路地から1匹の黒猫が、つつっと駆け出して、僕らの前を横切って行った。ふと見ると、横手へ入ったとこにホテルのエントランスがあった。

ねえ
次の瞬間、僕はあらぬことを切り出していた。

じゃさ、今からさ、今夜どうやって口説くつもりだったか、その段取りを話してあげようか、じっくり？

「あ、いいわね」

彼女は軽く、受けた。僕は立ち止まった。エントランスの正面だった。

……ここで
——ムチャクチャだ。最低。オキテ破り。自分でも冷や汗が出た。

僕の意図を彼女が理解するのに2秒かかった。そして、独りごとみたく、いった。

「信じられない」

あきれていた。当然だった。

「ねえ、あなた、ほんとは女のコにもてないでしょう？」

どうして？

「こんなんじゃ、口説ける女のコ、いないわよ」

確かにこんなので口説けたことは僕にもなかった。

そこまで心配してくんなくても、いいよ
かろうじて、笑えた。

「心配よ、他人ごとながら。他のコだったらどうするのよ？」そういうと、すこし微笑ったような顔をした。

どうにでも、なれ。僕は少し胸を張り、エントランスへと歩き出した。その後を、彼女はついて来るともなく、ついてきた。

☆

シャワーを使う音がかすかに響いていた。

――ああ、怖かった。いまだに冷や汗が引かずにいた。ライティング・ビューローの椅子をテーブルの前に引っ張り出して、膝を抱え、座り込んだ、僕は灰皿の中のメンソール煙草の吸殻をつまんだ。彼女のルージュを観察してた。

バス・ルームから出てきた彼女は、元通り、秋めいた暖色系のツー・ピースに身を包んでいた。

あれ。

気の早い僕は、シャツを脱ぎ、リブ織りのランニングになってたから。

どうしたの？

「何が？」

彼女は澄まして椅子にすわり、膝を組む。煙草に火をつけると、袖をちょっとまくる仕草。

「さぁー、じっくり聞かせてもらおうか？」

え？

「歯槽のうろうになる口説き文句と、みえみえのシチュエイション」

ああ、あれね
別段なんにも考えてなかったけれど、展開上やらざるを得まい。

ちょっと待ってな
僕は少し思案した。

上手く行くかな？

なんせ『スランプ』らしいから
「だーめよ。ちゃんとやって」
約束でしょう。そういう彼女に、
OK
僕は立ち上がり、指を鳴らす。
先ず、車がもってかれてなかった、としようよ
これが車ね、と僕はソファを指さし、彼女の左手を引いた。立ち上がりながら、彼女は右手で煙草を消した。
僕はとりあえず、西へ向かう
ビーチの方へ
前髪をかき上げると、彼女は瞳で頷いた。
で、とりあえず世間話しするよな
音楽でも聴きながら
音楽、音楽。いいながら、僕はベッド・サイドのパネルをいじり、ラジオをつけた。
「それから?」
彼女は先を促した。
それからね

——ちょっと音楽、違うんじゃないか？

とりあえず、僕はラジオにクレームをつけた。

「そう？」

彼女は首を傾げた。頷いて、僕は『Keep on Movin'』がフェイド・アウトして行くのを待った。

「ねぇ、ねぇ」

膝をすり寄せ僕を向く彼女に、
しーっ！

口に指を縦に当ててみせる。と、僕の耳に、スモーク物のイントロが流れ込んだ。ＳＯＳバンド『I Don't Want Nobody Else』。

よーし、来たっ、念力!!

こほん、と僕は咳払い。

こういうカンジ
で、口説き出すんだよ
そういって、覗き込んだ、彼女の瞳は、既に、わりとうるうる状態だった。

わはは。

少し、息を吐き、僕は声のトーンを変えた。

きれいな髪だね
髪に触れた。

いい匂い、する
おでこの、はえぎわのうぶ毛を親指で撫でる。

「待ってよ、ちょっと」

無視して僕はキスをした。彼女のすこし粗い膚に。ほおに。口もとに。

「ねえ、待って。車の中でしょ？」

赤信号なんだよ
好意を伝えるありきたりのコトバを囁きながら、背中に滑らせた手でジッパーを探る。

これって普通に下ろすんだよね？

「待って、ってば！」

彼女は両手で僕の胸を突いた。ふたりの距離が50㎝はなれた。

「スランプはどこへ行ったの？」

もう。怒ってみせた。

そんなのふっ飛ぶさ
優しく、僕はいった。

君とこうしていれるのに

「そんなのでふっ飛んじゃうの？」
そんなのでふっ飛ばなきゃ何でふっ飛ぶの？
やさしく、やさしく。
彼女はちょっとため息をついた。
「そんな、女なんかにふり回されててどうすんのよ。自分は自分で楽しくできなきゃ、だめよ」お姉さんぶった口調だった。
自分で自分を楽しく、なんてできないさ
彼女の手をとった。その甲を撫でながら、僕はいった。
ねえ、君はかあいいよ
僕に掌をゆだね、彼女はかあいい顔をした。
かあいいし、綺麗だし、賢い
引き寄せ、囁いた。
でも、男のコのことはてんで判ってないんだよ
そう？　彼女は親指で僕の顎を制した。僕は頷いた。
男のコは――少なくとも真っ当な男のコ達は、女のコのためでなきゃ、指1本うごかせないんだよ
底んところでは、ね

「そんなのダメ。嘘よ。人はみんな自分のために生きるんだわ」
勿論さ
「どうなのよ？」
僕らはおんなじひとつの現実について喋っている
どちらから云うかだけの違いさ
僕は甘えた口を利く
君は残酷な口を利く
残酷な口を利かなければ今、君が生きては行けないように、
甘えた口を利かなければ今、僕も生きては行けないんだ
でも、どちらも完璧な答えなんかじゃない
きっと正解はそのまん中に在るのさ
「逃げてるのよ。ねえ、現実を見て」
自分で自分を楽しく、なんてできないさ
もう1度、僕は云った。
結局はね
じゃなきゃ何で人はひとを求めるの。
君は人は他人《ひと》を求めなくてもよくなるために生きている、っていうのかい。

……君には男が判んないんだよ

囁くと、彼女は唇をすぼめた。

「あなたが女を判らないくらいにね」

顔にそえられた彼女の手をとって、キスをする。指に、掌に。

「だめよ」

ん？

「自分で自分をちゃんとできないような男は」

ああ……

そっちか。

「女を食い物にする、ってことでしょう」

君はキレイなお姫さまだけど、僕にだって君にあげられるものは、あるさ

「どうかしら？」

――愛しているよ

君を好きだよ

声を立て、彼女は笑った。

「ねえ、私は、もう、知っているのよ。100人の男のコがいても、先ず、100人、私には関係、ない」

きっぱりそう云うと、

「ねえ」

不意に彼女はからだのちからを抜いた。

「あなた、私を好きだ？」

顎の線をゆび先でたどった。

うん
「どうして私なんか好きなの？　よく知りもしないくせに」

よく知ったからって、惚れるわけじゃないさ
そうね。彼女はほおえみ、少し、なまめいた。

「私もあなたを何も知らない。でも……あなた、好きよ。あなたを欲しいもの、今は」

僕が胸をなで下ろしかかると、彼女は畳みかけた。

「今は、ね。でも、人の気持ちは変わるもの。あなただって、そう」

ちょっと僕はふき出した。

「？　どうかした？」

お前も結構ヘンなヤツ、な
「ええ？　だってそうよ。あなただってそうじゃない？」

僕は変わらない
永久に君を好きだよ

真剣だった。マジになればなるほど軽くみえる。僕は損なタチなのだ×××。

「いったでしょう」

彼女は首を横に振った。

「100人の男のコがいても、私には100人とも関係ないのよ」

関係ある男だって、いるさ
「そりゃ、ひとりくらいはいて欲しいわよ」

彼女はわらった。

僕が、その『ひとり』かもしれない
お腹に力をぐっと入れ、僕は云った。

「そうじゃないかもしれない」

彼女はいなした。

――ねえ、永遠に続く恋もあるさ
「この世のどこかには、ね」

天井へ瞳をめぐらせる。

僕は唇をちょっと噛んだ。

じゃ、どうして僕が好きなのさ?

「いったでしょ、恋はトキメキ」

どうしてトキメくのさ?

「そんなの判んない、あなただって、そうでしょ?」

神さまに訊いてよね。愛らしく、彼女は澄ました。

ふーっ。

ねえ
少しは俺を信じろよ
「だって」彼女はやさしげに声をひそめた。

「あなたに、そんな、期待するのは気の毒だもの」

でも、君は僕を好きだよ
僕のコトバに彼女は笑った。

「ねぇ、私にとっては、あなたなんか、まだ——まだ、かぼちゃも同じよ」

君だって、かぼちゃさ
思わずそういい返すと、

「そうね」彼女は目を伏せた。

「私達、かぼちゃ同士かもしれない」

何もいえずに、僕は彼女の顔を見つめた。

「いいのよ、かぼちゃで」

悲しいおもいをするよりは。ため息のように付け足した。瞳は僕からそらさなかった。

かぼちゃなんかじゃない。

かぼちゃ、なんて、いわせない。

僕は彼女を抱き寄せた。

「だめよ」

彼女はせつない声を立てた。肩パットがかたちを変えた。そのまま押し倒すと、

「だめよ、こんなの」

腕の中から抗議した。

睨みつけてくる瞳を掌で伏せ、甘やかなくちもとにキスをした。

「ダメよ、卑怯よ、約束を守って。ちゃんと、口説いて」

仔猫みたくやあらかな、彼女の量感のあるからだをやさしく封じ、
いいコに、しなさい
そういうと、背中に回した右手を、僕はうなじへ滑らせた。

まさかなあ。

自分のやろうとしていることに、自分で笑い出しそうだった。たまらない、髪の匂いにつつまれた、それでも僕は、心を込めて、彼女の、ボンノクボを、そっと、押さえた。

バスに乗って　それで

原田宗典

二三歩先を行く彼女は時々ぼくを振り返ってはひとこと言葉をかけたり
軽く笑ったりした明るい空色の
ひらひらしたワンピースを着ていて何かこうちょっと
ズレてるって感じだ。
いや
似合わないってことじゃなくてむしろ
そのワンピースは彼女には似合いすぎるほどだけれど今日の目的と考え合わせるとやっぱり
ズレてるとしか言いようがないぼくらは
日曜の街へ買出しに来ていたんだから。
買物じゃなくて『買出し』だ。

このふたつの違いを明らかにすることはそうとう難しいと言うのは
当事者の問題だからええと……個人差がある。
同じ物を買ってもA氏にとっては『買物』でありB氏にとっては『買出し』だったりするで
もその人にとってみれば
このふたつは明らかに違う言わばオーストラリアとオーストリアくらいの違いがあるんだな。
ぼく個人に関して言えばこう分かれる。
『買出し』は生活必需品を大量に買うことで『買物』はそれ以外のものを成り行きで買うこと
つまり
今日ぼくらは生活必需品を買うために出掛けてきたんだしかも並たいていの量じゃないメモ
帳に書き出しただけでも三十三品目。
なのに彼女は
空色ひらひらワンピースだズレていると思わないわけにはいかない
だろう？
「なあ、ちょっと休まないか」
ぼくはできるだけ同情を引くように声のトーンを調節して話しかけた人混みにもまれ続けて
とにかくヘトヘトだったすでに
二十三品目ほどの生活必需品を買い終えそのうちの二十一品目をぼくが抱えていたわけだか

ら疲れて当然だ彼女が
持ってくれたのは砂糖壺《つぼ》とスプーンたった二品目だそりゃあないぜと言いたいのはやまやまだったが
しかたがないなにしろ
これはつい最近引越しをした〝ぼくの〟買出しだったし基本的にぼくは女の娘《こ》に荷物を持たせるのは嫌いなんだべつにフェミニストを気取るつもりは毛頭ないけど。

金物屋の店先にかがみこんでいた彼女はぼくの言葉を聞きのがしたらしく不思議そうな顔で振り向いた。

「何か言った？」

「あのなあ……」

ぼくは両手に抱えた買出しの山の陰から顔を出して言った。

「前にも言ったけど、たのむからぼくに同じことを二度言わせないでくれよ」

「あら。そんなこと前に言った？」

「ほらそうやってまた同じことを……」

「そうだったかしら？」

〝同じことを二度言わせないでくれ〟ってことを二度言わせるなんてまったくキンタロウ飴《あめ》的な状況だが彼女といっしょにいるとこういうことはしょっちゅうだ。

「とにかく君は注意力が散漫なんだよ。人が何か言おうとしたら、聞こうとしなきゃ」

「聞こうとしてるわよ……でも今みたいに不意に後ろからってのは、ちょっと卑怯《ひきょう》なんじゃない？」

「卑怯とか正義とかそういう問題じゃないだろ。ぼくが言いたいのは……」

「あー、わかったわかった。わかったわよ。で、何て言ったの？」

ちぇっ！

蠅《はえ》を追うみたいな目つきをしなくたっていいじゃないか。

「ちょっと休もうって、そう言ったんだよ」

あきれたわと言うように彼女は眉《まゆ》をひそめる。

「そんなことくらい。もう一度サッて言うほうが簡単じゃないの。どうしてそう話をややこしくするの？」

たしかに彼女の言うことにも一理ある腹を立ててああだこうだと意見する間にもういちどくりかえして言うほうがずうっと簡単だろうしかしそうやって何もかも野放しにしておいたら彼女は死ぬまでぼくに同じことを二度言わせ続けるだろうということは
ぼくは彼女との会話に普通の二倍も時間を割かなきゃならないわけだこれを人生の浪費と呼ばずに何と呼ぶのか。

「ねえ、これ見て、いいと思わない？」

言いながら振り向いた彼女の顔はもうウレシそうに頬笑《ほほえ》んでいるまったく目にも止まらぬ話題転換の早さだ。

「なんだよそれ？」

彼女が右手に持って差し出したのはばかでかい木製のクシみたいな品物だったちょうど背中を洗うブラシくらいの大きさで取っ手の先端に五センチほどの細長い突起物が五六本つき出ている。

「知らないの？」

「見たことも聞いたこともないね。マゴの手かい？」

「ブーッ」

「貝を掘る道具？」

「ばかねえ！　これはね、こうやって（と手振り）ほら、ね。スパゲッティをすくい上げる道具よ」

「…………」

だから何なんだっていうんだぼくは言葉を失ってしまう。

「買いましょうよ、これ」

「冗談じゃないよ。どうしてぼくが引越し早々スパゲッティをすくい上げなきゃならないんだ。

自炊なんてほとんどしないのに」

「でもほら、かわいいわよ。ここんとこ。ね、柄のところにスミレの絵が描いてあるの」

「それがどうしたんだよ」

「どうしたって……私はスミレが好きよ」

彼女は胸を張ってそう言う何も胸を張って宣言するほどのことじゃないだろうに。

「じゃあ君が買えばいいだろう。とにかく今日はね、三十三も買う物があるんだから、そんなものを買ってる余裕はないんだよ」

「そんなこと！　三十三も三十四も、たいして変わらないじゃない。こういうモノっていうのはね、欲しいって思った時に買わなくっちゃ、ずうっと買わないまま終わってしまうものなのよ」

「だから欲しくないんだってば。分からないかなあ。今日も明日もあさっても、ずうっと欲しくないんだよ、ぼくは」

こういう非生産的な口論（生産的な口論があるなんてぼくには思えないが）はごく普通の会話の百万倍くらいのパワーを必要とするためにぼくは
エネルギーの切れかけた鉄腕アトムみたいな状態になってしまいどうでもいいからとにかく座りたいと切実に思った。

「はい、いらっしゃいませ……」

と

ぼくらが金物屋の店先でああでもないこうでもないと話している声を聞きつけて店の奥から年の頃四十四五といったオバサンが現れた年甲斐《としがい》もなく

ジーンズにTシャツといった出立《いでたち》でしかもそのTシャツには『YOUNG！YOUNG！YOUNG！』なんて文字がプリントされていてまあ一語で言うとぼくがもっとも苦手とするタイプのオバサンだそういえば

鉄腕アトムもエネルギーが切れかけると強敵が現れたりしたものだ危機というのはいつもこうして

ふたつかみっつが手をつないで襲いかかってくる。

「何を探してるのかな……？」

オバサンのそのしゃべりかたは何というかこう果てしなくキモチ悪かった彼女はつまり〝トモダチ感覚〟でぼくらに話しかけてきたのだ世間によくこのテの

〝誤解してるオバサン〟が見受けられるが彼女はその中でも

〝大きな誤解してるオバサン〟に分類されるべき人種だった。

「あ、それねえ。それはなかなかいいわよ。スパゲッティの麺《めん》をね、こう（手振り）する時に便利なの。それはほんとグーよ」

「…………」

大誤解オバサンの〝グー〟という化石的言葉は他でもないぼくに向けて発射されたためにぼくは思わず
その場で荷物を放り出して三点倒立し脳天で回転しながら笑いたくなった。

「グーね。たしかにグーだわ」

さすがの彼女もオバサンのこの言葉にはまいったらしく笑いながら繰り返した。

「ねぇ、買いましょうよこれ。グーだわ」

「でしょう?」

大誤解オバサンは彼女の反応に気をよくしてヒマワリのような笑顔をふりまいた。

「……おいくらですか」

ダウン寸前のぼくは値段を訊《き》くことで何とかクリンチに持ちこんだ。

「千八百円です。お包みしますからね。はいこっちへ。もしかしてプレゼントかな? あら違う。そりゃそうね。はい分かりました」

大誤解オバサンは一人で興奮してスパゲッティ引き上げ棒(結局最後までその正式名称は分からなかった)を抱え店の奥へ消えた。

「いいの? 買っても」

「千八百円であのオバサンから解放されるんなら、安いもんだ。ぼくは明日から自炊の鬼になって、ミスター・スパゲッティとか呼ばれるように努力するよ」

「あら、じゃあザルとかも買わなくちゃ……」

「ザル！」

ぼくはあやうく卒倒しそうになり
「ザルって、あのザルかい？　水をザーザー切るザル？」

「ほかにザルがあるの？」

「ぼくが？　ぼくがザルを買うのか？　それでスパゲッティの水を切ってはいおまちどう、おいしいよ、お食べ。粉チーズもかければ。なんてやるわけ？」

「だってミスター・スパゲッティなんでしょ」

「撤回する。ぼくはその筋ではキッチン・デストロイヤーとも呼ばれてんだから」

「なにそれ？」

「自炊と聞いただけで凶悪な気分になってしまうんだよ、ぼくは」

「それは困るわ。治してもらわなきゃ」

「いや。だから自炊をしなければ問題は解決するわけだよ」

「だめ。だって私は日曜のディナーを旦那《だんな》さまと一緒に作る、っていうのが夢なんだから」

「それは素晴らしい夢だ。パチパチパチ（両手が荷物でふさがっているから、口で拍手だこんちくしょう）。ただし、ぼくが客としてそこへ招かれるのならね」

「あなたって人は……！」

と
彼女が声を張り上げかけた時に折りよく
大誤解オバサンが包みを手に戻ってきたぼくはそれをしおにくるりと彼女に背を向け歩き出したどうして
金物屋の店先で将来の夢について激論を闘わすハメに陥ったのかぼくには
さっぱり分からないいずれにしても
座らなくては座って冷静にならなくては。
精神的にも肉体的にも疲労し切ってぼくは
モーローとして歩いたそこは〝何とかロード〟と名のついたアーケード街で
うじゃうじゃうじゃうじゃ人があふれていたとにかくもう想像を絶する人混みだまっすぐに歩けないどころか
三歩ごとに誰かの足を踏んでしまうほどで午前八時の山手線をホーフッとさせるそんな殺人的賑《にぎ》わいの中をぼくは
二十一品目の買い出し品を抱えて瀕《ひん》死《し》のタップダンサーみたいに歩いていったわけだそれにしても
どこからこんなに湧《わ》いて出てくるんだろう人間ってやつは
これだけの数の人間の一人一人がそれぞれの悩みを持ち幸せを考えせっせと働きわははと笑

い冗談じゃないぜテメーと怒りむしゃむしゃ食ってぶりぶり排泄し酒を飲んでお父さんは昔ねえと自慢したり私なんてグズだもんといじけ思い出したように夜歯を磨き電話をかけ節約節約とつぶやきながら電灯を消して回りイキそうよヒデ君と呼んでセックスに励みサエない音楽を聞き床屋へ行ったりプラモデルを作ったり子供を生みやはり構造主義がねえと言ってみたり海《え》老天《びてん》のコロモのことで口論して離婚に至り海はステキとロマンチックし

結局はみいんな死んでいくんだよなと考えると本当に何て言うかこう気が遠くなってしまう。

「待ってってば……」

彼女の声がして不意に背後から腕を取られるぼくは抱えていた荷物をばらまきそうになりあわてて体勢を立てなおす。

「こら、引っぱるなよ」

「だって、呼んでも全然聞いてないんだもん」

「ちょっと考えごとをしてたんだよ」

「考えごと？　ザルならちゃんと買ったわよ」

驚いて彼女の手元を見ると確かにザルを持っているステンレス製でぴかぴかのグーなザルだ。

「……（タメイキ）……」

「どうしたの。そんな顔しちゃって」

「……君、ナチスがあみだした拷問の中で一番残酷なのはどんなのか、知ってる？」

「なあに、やぶからぼうに」

「囚人に午前中ずうっと穴を掘らせてさ、午後はその穴を埋めさせるの。それを何か月も続けさせるんだ。ひどいだろう？」

「だからそれが何なの？」

「今、そういう気分なんだ」

「ふうん。それで？」

「だからもうヘトヘトだってこと」

「回りくどいわねえ！　じゃあそう言えばいいじゃないの。さ、早くどこかに入りましょうよ。ね、ほら。グズグズしないで」

彼女はぼくの腕をぐいぐい引っぱって人混みの中を猛スピードで歩き出すまったく見事な都会遊泳だとても地方出身とは思えないぼくは
おたおた引きずられながら何度も人の足を踏みそのたびにごめんなさいすいませんと小声であやまりつつ覚束《おぼつか》無い足取りで歩いた彼女は
どこの店に入るのかもう決めているらしく幾多の喫茶店を通りすぎ脇道《わきみち》を抜け（しかしその脇道さえも人の渦だったが）物も言わずに突き進んだ。

「なあ、近くにしようよ。とにかく座れればどこでもいいんだから」

「もう少しよ。この先に素敵なお店が……」

「だからさ、この際素敵じゃなくてもいいよ」

「あら。だって同じお金を払うんなら、素敵な方がいいでしょ？」

もう議論する気力もなかったのでぼくはそれ以上何も言わなかったぼくらは脇道からさらに脇道へ入り（驚くべきことにそれでもまだ人がうじゃうじゃいた）ようやく一軒の喫茶店にたどり着いた。

ぼくはその軒先に掲げてある看板を読んだその〝花畑だから〟ってのがその店の名前なのだ。

「〝花畑だから〟……？」

「ね。素敵でしょう！」

あらためてその店構えを見るともともと普通の一軒家だった平屋の建物を入口だけがガラス張《ば》りにしてそのまま喫茶店として使っているらしい確かに
その店名のとおりけっこう広い花畑が隣接しているそしてその周りを生垣が囲んでいる。

「ハーブティーを出してくれるのよ。そのお花畑でね、栽培してるの」

うへー。

言っちゃなんだけどぼくはこの世の中でハーブティーほどまずい飲物はないと考えている青年なのだ。

「ハーブティーしかないの？」
「ううん。ソフトドリンクなら色々……」
「じゃあいいや。入ろう、早く」
「じゃあって……ちょっとそれ、どういう意味？」
「何でもない何でもない。ああ素敵だなあ。ごらんハーブの花を。ほうら蝶《ちょう》ちょがピラピラー……」
またもや店先で非生産的な口論というパターンを踏襲しそうだったのでぼくは『会話ウヤムヤ作戦』を展開して彼女を中へせかした店内は
外観よりもさらに広い感じがしたおそらく十畳八畳六畳四畳半三畳台所といった五ＬＤＫをぶち抜きにして一部屋にしたのだろう床はいわゆる女のコが
ウフフッ♡なあんて喜びそうな板張りでそこにアンティックな椅子《いす》とテーブルが余裕を持って並べられているしかも
店内いっぱいに花の香りときたもんだこれはもう〝ザ・お年頃〟と言った感じだここまで徹底するとかえって気持いいくらいに。
「窓際の席が素敵なのよ……でも空いてないみたいね」
残念そうにつぶやきながら彼女は入口脇の席に着いた見ると確かに
窓際の席はすべてふさがっているみたいだ。

「やれやれ……」
ようやく両手の荷物を下ろすことができてぼくは心底《しんそこ》ほっとした何も持っていない状態というのがこれほど素晴らしいものだとは思わなかったなあ
などと考えながら決して座り心地がいいとは言いかねる椅子に腰を下ろし
「死んだ」
と一言つぶやいたしかしその言葉に対する彼女のリアクションは
「素敵でしょう?」
の一点ばりだぼくは『走ったメロス』みたいな顔でああうん
とうなずきもう喋《しゃべ》らんぞと心に誓った。
「いらっしゃいませ……」
やがてこの店の主人とおぼしき三十代の〝素敵〟なウエイターがメニューを持ってぼくらの前に現れたいわゆるピラピラのシャツが一枚三万円もするようなデザイナーズ・ブランドをふふんと着こなし指輪を三つもしているのでぼくは
すっかり重苦しい気分になってしまった。
「ええと……」
彼女はさっそくメニューを開きびっしり並んだハーブティーの名前を目で追い始めたぼくも
一応メニューは開いたものの考えるのが面倒で

「コーラ」

と一語言ったするとその〝素敵〟なウエイターは驚いたような顔をし
「は？」

と訊《き》き返してきた何だこいつはコーラだよコーラ黒くてちりちりして冷えてる飲物のコーラだよコーラを知らねえのかてめえは。

「コーラを下さい」

「ばかね、あなたったら。せっかくハーブティーのお店に来といて、コーラはないでしょ」

「ハーブコーラになさったらいかがですか？」

ったく困っちゃうなあこういう客ってほんと疲れちゃうぜ
とでも言いたげな薄笑いを浮かべてそのウエイターは口をはさんだ。

「ハーブコーラ？　何ですそれ？」

「コーラの中に粉末状にしたハーブ・ブレンドを混ぜてあるものです……」

「あら、おいしそう！」

「じゃあ君が頼めば。ぼくは普通のコーラ。誰が何ていったってタダのコーラ」

「ばかねえ……。私は、このアジサイとレンゲ草のミックス」

おえー。

「かしこまりました」

そう言って〝素敵〟なウエイターはメニューを小脇にはさんで引きさがったその後ろ姿を見送りつつぼくは
「何だいあいつ、スカしちゃって」
「あらあ、素敵な人じゃないの」
「ああいうヤツにかぎって足が臭かったりするんだよ」
「やめてよ、そういうこと言うの」
いけないいけない疲れているせいかどうも攻撃的になってしまっているぼくは水を一口飲み煙草を抜いて火をつけるそして
あらためて店内を見渡す。
「ちょっとお手洗い……」
バッグを持って彼女は立ち上がるテーブルの間を縫って店の奥へ消える店内は
ほぼ満席で十組ほどのアベックがにこにこにこにこ会話を交している本当に
日本は幸せな国だこんな所でアジサイだのレンゲ草だのタンポポだのを煎《せん》じたお茶を〝ファッション〟として飲んでいるんだから一方エチオピアあたりではレンゲ草なんか御馳走《ごちそう》だ御馳走だと騒いでむさぼり食ってるかもしれないのに。
と
物思いにふけりながらぼんやりと窓際の席を見遣《みや》った次の瞬間ぼくは目を疑ったそこに

昔の女が
いたのだ花畑の方へ顔を向けてまぶしげに目を細めて何という
松任谷《まっとうや》由実《ゆみ》的状況だろうぼくは自分でも情けなくなるほど動揺しあっというまに頬《ほお》を紅潮さ
せ罪人のようにうつむき爪《つめ》を嚙《か》み貧乏ゆすりをしながらどうしようどうしようとめまぐるしく
考えたしかしどうしようと考えたところでこの状況はどうしようもない。
ならばいっそのこと立ち上がって窓際の席へ行きやあどうもまいったなこりゃ驚いた久し振
りだねなんてライト感覚で声を掛ければいいのだろうかひええとてもそんなことはできないで
きっこないぼくは
うつむいた顔を上げることができずにしばらく考え込んだそして
徐々に瞳《ひとみ》だけを上げて窓際の席を観察したありがたいことに〝松任谷由実的昔の女〟は花畑
の方を向いたままだぼくはほっとしてうつむいた顔を約十五度ほど上げた。
〝松任谷由実的昔の女〟（ええい面倒くさいから略して〝松女〟と呼ばせてもらうぞ）は三年
前ぼくと別れたその時と同じショートカットで
あの頃《ころ》と同じく薄化粧をしていた何かを見つめる時に顎《あご》をほんの少し上向ける癖も変わって
いないただ大きく変わっているのはその隣にぼくが座っていないという点だけだ。
松女の隣の席には見知らぬ男が座っていたそれは当然のことだろうあれから
三年もたっているのだから当たり前だ分かり切ったことだだけどぼくは自分でも驚くほど

がっくりきたそして
その感情の遣り場に困ったどうして
ぼくががっくりこなきゃならないんだ何故ぼくは動揺しているんだと
何度も自分に言い聞かせ
そうさぼくだって他の女と一緒にいるじゃないかアイコじゃないかと開きなおってもみたが
深い失望感はどうにも隠し切れないそうさそうなんだぼくは
ものすごいやきもち焼きなんだよここだけの話だけどそのためにぼくは今まで何人もの恋人
を失ってきたんだ松女にしても例外ではなくぼくのちょっとしたやきもちがもとでサヨナラす
るハメに陥ったんだ。
ああもう思い出すのも恥ずかしいけど
こんなふうにしてるとどんどん思い出しちゃうなあの時
直接の引金《ひきがね》になったのは
たった一本の煙草の吸殻だったそれは
松女の部屋のゴミバコの中に捨てられていたんだ両切りのショートピース。
ぼくは偶然それを発見して何の気なしに
〝誰か来てたの？〟
と訊いたその時点では本当に何も疑っていなかったのに松女は明らかに動揺し

〝別に誰も。どうして？〟
と答えただからぼくは正直に
〝だってほら、ゴミバコにショートピースの吸殻があるよ〟
そう言って吸殻をつまみあげて見せたその後の松女の反応ときたら
まったくすごいものだった。
〝あなたはどうして人の家のゴミバコを探るの！　何て人！　何て嫌な人！〟
目を縦にして反撃してきたんだぼくは面くらって何も言い返せずただおろおろして　〝なんだよう。なんだよう〟　と胸の中で繰り返すのが精一杯だった松女はすっかり逆上して
言わなくてもいいようなぼくの欠点までこの時とばかり並べたて
帰れ帰れとぼくを追いたてたぼくは
わけも分からないままアレヨアレヨと松女の部屋を出て
帰り道
夜空を見上げているうちに突然
ほろほろと泣けてきてしまったのだった。
何てこったどうしてこんなことになっちゃったんだろうと
遣り場のない悲しさでいっぱいだった本当にそんなつもりはなかったのだたかが煙草一本で
あんなに逆上するとは思ってもみなかった普段は冷静でどんなことにも

AイコールBでBイコールCゆえにAイコールCよ
と対処するタイプの女だったのにぼくは
あとからあとから流れてくる涙をどうしようもなくて酒屋の自動販売機が目につくごとに缶ビールを買いウワバミ方式で飲み下しながらとぼとぼとぼとぼ
歩き続けたおかげで自分の部屋に着くまでにゲップを百発もしてゲロも三回吐き
完全に酔っぱらってしまったそして
部屋に入ると何を思ったのか他でもない松女へ電話をかけぐでんぐでんの声で
〝このおまんこ女っ！〟
と叫んでしまったのだこれはもうガソリンに肩まで浸《つ》かってマッチを擦るようなものだった
あああああの時
〝おれはちっとも気にしちゃいないぜあはははははは〟
とサーワヤカに笑い飛ばす度量がぼくにあったなら笑い飛ばせないままでもせめて
〝この男好きィ憎いよこのこの〟とか〝まいったねえこりゃあ一本ヤラレタ〟
とお茶らける才能がぼくにあったならきっとあんなことにはならなかったんだろうにまったく
男と女なんて本当にごくごくつまらないことでダメになってしまうものなんだよこの際だからついでに告白しちゃうけどその前の彼女なんかもひどかったなにしろ別れた原因はモトをた

だせば
洋式便所の中蓋なんだからその時もぼくは彼女の部屋にいて
トイレに行ったんだそしたら洋式便所の中蓋が上がっていたんだよつまり
男が小用を足す状態になっていたわけだこれを見たぼくは
むらむらと疑惑を募らせてトイレから飛び出しいったいこれはどういうことなんだ怒らない
から話してみろよ
と一方的に疑ってかかりバカじゃないのアンタとあきれられて
いっぺん死んだほうがいいんじゃないの
なあんて言われちゃって振られちゃったんだとほほ。
ぼくは松女の横顔をぼんやり見ながらひとしきり辛《つら》い思い出に浸り
ようやく我にかえったそして
落ちこんだ気分のまま松女の隣に座っている〝今の男〟を観察し始めた。
斜め四十五度後方から見るかぎりでは男前だしかもぼくより男前だ髪はスッキリと短かく髭《ひげ》
もきれいにあたってあるらしく
俺《おれ》って男前だぜ
という事実をかなり強く意識しているのが見てとれる年のころは三十二かそこらで仕立ての
良い黒いスーツを今風に着こみ

右手と左手とひとつずつ指輪をして自由業もしくはそれに準ずる職業をホーフツとさせるつまりはこの鼻もちならない喫茶店のマスターと同じ種類の男だ。

ああ。

どうして今の世の中じゃこういう手合いがモテてしまうんだろうたしかにカッコイイよ見た目はカッコイイそれはぼくも認めるしかし一枚三万円のシャツが何だってんだ黒麻のスーツが何だってんだ指輪が何だってんだ自由業が何だってんだ……

「ねえあなた、何を力んでるの？」

不意に後ろから声をかけられてぼくはぎょっとした振り向くと彼女がトイレから戻ってきて不思議そうな顔をしている。

「え？　何？　何のことだい？」

「後ろから見ると、あなた妙に力が入っているのよね。このへん……」

言いながら彼女はぼくの肩をもみほぐしたぼくはあわてて松女から目を逸《そ》らし

「いやあ、荷物が多かったから」

とごまかしたちょうどそこへ例のマスターが銀のトレイを片手にひらひらと近づいてきた。

「お待たせしました……」

これは一個一万円もするんだもんねという感じの手つきでコーラグラスが置かれハーブ

ティーのセットが置かれ伝票が置かれた。

「わあ良い香り！」

彼女は馬鹿でかい声を上げたぼくはひやりとして下を向いたが遅かった隣の席はもとよりほとんどすべての客がぼくらの方を見てあきれたりくすくす笑ったりしているということはつまり

松女も例外ではなかったその視線がまずぼくの彼女に止まりそれからぼくの視線とかち合ったぼくは

今初めて気づいたかのように「へえ」という顔をしてみせ（臭い演技だ我ながら）松女は本当に初めて気づいて「あら」という顔をしたそして

ちょっと自分の連れあいの方を気にするかのように瞳を動かしその男が別のことに気を取られているのを確かめてほっとしたような表情を漏《も》らしたぼくは

松女のその反応にますます失望し

しかしながら顔には表さないでコーラを一口飲んだ良く冷えていて奥歯に染《し》みるほどだ松女はそんなぼくの様子を

昔と同じ〝凝視方式〟でつぶさに観察し隣の彼女とぼくとを交互に見比べてから形の良い唇を釣り上げて頰笑《ほほえ》んだその頰笑みの意味をはかりかねてぼくは

少々混乱してしまうそれは

〝可愛いひとじゃない。ふふ〞とも取れるし〝私の勝ちね。ふふ〞とも取れるしあるいはただ単に〝お笑いね。ふふ〞とも取れるような頬笑みだった。

「わあおいしい。ねえこれ、あなたも飲んでごらんなさいよ」

彼女の大声がぼくの思考を百パーセント妨害するハーブティーのカップをぼくの口元に押しつけるようにして勧めてくる。

「おいおい。よせよ」

不愉快ながらもぼくは松女の視線を気にして笑顔で答え『仲の良い恋人』の一コマを演じようと努めたがおよそ上手《うま》くいかず『大声女とヘラヘラ男の図』という程度のみっともない様をさらしてしまった。

「おいしいのよ。一口だけ。ね、一口だけ」

なおも執拗《しつよう》に勧める彼女に抗《あらが》い続けることもできずにぼくは
「しょうがないやつだなあ、あははは」

と我ながら不自然な陽気さを振りまきながら一口飲む。

んげー……

あまりの味にぼくは絶句してしまうまるでシェービングフォームみたいな味だ。

「おいしいでしょう？」

「そうだねえ。あははは」
ぼくは段々自分がカワイソウになってくるしかも松女の方を盗み見るとすでにぼくらから目を逸らし隣の男と話しこんでるじゃないかぼくはむくわれない努力の淋《さび》しさを十二分に味わいやるせなさのあまり頭がどうかなりそうになった。
と
松女とその男は席を立ったそして肩を並べてぼくらの方へ歩いてきたぼくは慌しく居ずまいを正し無駄な抵抗とは思いながらも精いっぱいカッコつけて煙草をくわえ〝不器用ですから〟といったポーズを取った男は
後方斜め四十五度から見た感じと同じく真正面から見てもやはり男前でしかも背が高く松女と二人で歩く様子はアンアンやノンノなんかでも飽きもせず特集記事が組まれる〝街で見かけたステキなカップル〟みたいだったぼくは
徐々に緊張し伏し目がちになって二人をやりすごそうとした松女はもう
ぼくらには一瞥《いちべつ》もくれず背筋をしゃんと伸ばしスカートのスリットから形の良い脚をちらちら覗《のぞ》かせながらホレボレするほど
カッコよくレジへ向かったすれちがいざまに男はちょうどぼくの脇でポケットから車のキーをちゃらりと取り出したその拍子に
何かがぽとりと床に落ちた。

「あら、落ちましたよ……」
緊張のためにすぐに動けないぼくの代わりに彼女が声をかけ身を屈めて拾い上げてやるその声に
先を歩いていた松女も反応し振り返って再びぼくと目が合ったぼくは
悪戯《いたずら》が発覚した子供みたいに悲しさと恥ずかしさと後悔の入り混じった表情を
つい漏らしてしまうすると松女はまた
さっきと同じ意味不明の頬笑みを残して背を向けた。
「あ。どうも」
男の方は行きかけて引き返し
キーを持った方の手を差し出してそのキーにははっきりと
『メルセデス』の刻印が見えた。
「はいこれ」
彼女が拾い上げて渡してやったのは煙草だった『ベンソン&ヘッジス』という洋モクだその事実は
ぼくをはっとさせたつまりその男は
あの時の男じゃないんだあのショートピースの男とは違う人物なんだ。
「素敵な人ねえ」

男がレジの方へ行ってしまってから彼女はそう言ったぼくは何かケチをつけてやりたかったがどうもケナシ言葉が思い浮かばなくて結局ああとうなずいた。

「あの女の人が彼女かしら？」

「いや……夫婦だよ」

ぼくはレジの二人を見遣りながら小声で言った。

「あら、どうして分かるの？」

「ほら。女の方がレジでお金を払っているだろう。二人の財布《さいふ》は一つなんだよ」

説明しながらぼくは自分の観察力の鋭さがうらめしかったこの世には知らなくてもいいことや知らない方がいいことが本当にたくさんあるのにぼくはたいていのことに気づいてしまうんだそれでいつも損をしているんだ。

「私たちは？　財布まだ別々だけど……カップルに見えるかしら？」

「少なくともトリオには見えないだろうね」

「その言い方！」

と彼女は怒りかけてふと出口の方を見遣り
「あら、行っちゃったみたいね。あの二人」

「うん」

見るともうレジに二人の姿はなかったぼくは〝不器用ですからポーズ〟を崩し何だかプールから上がった後みたいな疲労を感じた。

「ベンツに乗って帰ったのね」

「へえ。よく気づいたね、あのキー」

「それくらい私だって知ってるわよ……ねえ、あなたもいつかベンツ買う？」

唐突な彼女の問いにぼくは思わずいまいましげな顔をしてしまい
ほとんど反射的にこう答えた。

「ぼくが？　買うもんか。死んだってベンツなんか買わない」

「じゃあ何を買うの？」

「ぼくは……」

少々考えこむそういや今まで車を買うなんて身近なこととして考えもしなかった果たしてぼくには欲しい車なんてあるのだろうかいやそれどころか
欲しい物なんてさしあたってあるのだろうか一体ぼくは何を手に入れたいんだろうたった今。

「……車なんて欲しくないよ。別にいいんだそんなもの」

「ほんと？　これからもずっと？」

「これからのことは分からないけど。でも今は欲しくない。小銭を持ってさ、バスに乗って、
それで……どこへでも出掛けるんだ」

「今日みたいに荷物が多くても？」

「うん。両手いっぱい荷物を持ってバスで帰る」

「じゃあやっぱり私がいなきゃだめね」

母親みたいに優しく溜息《ためいき》をついて彼女は二杯めのハーブティーをポットから注ぐ。

「どうして？」

「どうしてって……両手が荷物でふさがってたら、料金箱にお金が入れられないじゃない。だから私が二人分入れてあげるの」

「いいね」

ぼくはその日初めて心から頬笑んだ。

「悪くないな、そういうの」

テーブルの上にパンはないけれど、愛がいっぱい

山川健一

飛行機が着陸態勢に入る、というアナウンスが流れた。
美希《みき》は小さな丸い窓から、しばらく濃いブルーから透明に近いペイルブルーに変わっていく海を眺めていたが、小さな溜《た》め息《いき》をつくと、ヘッドレストにもたれかかる。静かに目を閉じた。

ジャマイカは一年ぶりだった。この飛行機の下はもうジャマイカなのだと思う。いつもなら気分が浮き浮きしてくるのに、今はそんなふうではなかった。きっと、リョウのことが頭のどこかに引っかかっているのだろう。去年は彼といっしょにニューヨークからモンティゴ・ベイ行きの飛行機に乗った。今年は一人で、東京からLA《ロサンジェルス》を経由し、モンティゴ・ベイに着いたのだ。

軽いショックがあり、飛行機は滑走路に着陸する。美希はセーターを脱いでショルダー・バッグに詰め込み、ブルージーンズとTシャツだけになる。
タラップを降りる時、美希は灼熱《しゃくねつ》の太陽を感じる。それは、凍てつくような東京の太陽とも、真冬でも肌に心地好いLAの太陽とも違った。タラップを降り、空港ビルのほうへ歩きながら、美希は大きく溜め息をついた。眩《まぶ》しい光に懐かしさを感じる。

入国審査を終えてロビーに出ると、大勢の黒い肌のジャマイカの男達が声をかけてくる。ホテルは決まっているのか、タクシーはいらないか、と。初めてジャマイカを訪れた時は、この光景に驚いたものだった。黒い肌の人々しかいないという当たり前の事実に、たじろいだものだった。きっと、成田に到着した外国人は、背の低い、黒い髪の人間しかいないことにぎょっとするのだろう。

背の高い、痩《や》せたタクシー・ドライヴァーが声をかけてくる。

「ミス・チン、どこまで?」

「わたしは中国人じゃないの」と美希は英語で答える。

「それじゃあ、コリアン?」

「日本人なの」

男は大袈裟《おおげさ》に肩をすくめる

「だけど、あなたは一人だから。日本人、みんなカップルで、ハネムーナーだからね」

男は真っ白な歯を見せて笑い、美希のスーツケースを手に取った。

日本からの観光客は年々増えている。その多くが新婚旅行か、ニューヨークから足を延ばすゴルフ旅行である。

「わたしはカメラも持っていないし」

「そうそう」

「ケンジントン・ホテルまで、いくらで行ってくれる？」

男が値段を言い、USドルで払うからまけてほしいと美希は交渉をする。

メーターが壊れ、クッションからはスプリングが飛び出したイエローのタクシーがビーチ沿いのホテルに着くまで、美希は窓の外の風景に目を凝《こ》らした。信じられないほど鮮やかな青い海や、濃い色のココナッツや、海へせり出したマングローブ。時折タクシー・ドライヴァーが話しかけてきたが、返事をすることさえ忘れていた。

色が鮮やかなのは葉だけではない。ブーゲンビリアやハイビスカスも、あまりにも鮮やかに見える。島の花は、手折《たお》っても手折っても、次から次へと新しい色彩を見せてくれるのだ。花々だけではない。空と海の色も、陽に灼《や》けた人間の肌の色も鮮やかで、たくましい生命力を感じさせる。

そんな生命力に、美希は時折怖《こわ》ささえ感じる。その怖さの度合いによって、今年の自分の精神状態がどういうものであるか、ある程度推《お》し量《はか》ることができた。

肩紐《かたひも》のない、グリーンのサマードレスに着替えた美希は、ホテルから海岸通りへ通じる急な坂道を、ゆっくり降りて行った。

舗装された通りを渡り、ビーチへ向かう。ちょうど道を渡り終えた時、大きなクラクションの音が聞こえてきた。何気なく振り返ると、サングラスをかけた男がピカピカに磨き上げたシヴォレーの窓を開け、手を振っている。

少し微笑《ほほえ》み、美希は今渡ったばかりの道を車のほうへ戻る。

「おかえり、ミッキー」

「ミッキーじゃないの、ミキよ。前にも言ったでしょう」

美希は、ジャマイカに限らず英語圏ではよくミッキーと呼ばれる。それで、あのおかしな声を出すアニメの主人公がすっかり嫌いになってしまった。

「わかったよ、ミーキ。おれの名前は、覚えてるよな？」

美希は何気なく淡いピンクの車の屋根に手のひらを乗せ、あまりの熱さに思わず手を離した。

「忘れないわよ、シェヴィ・マン・ザ・グレート。わたしはあなたの車を一時間も押したのよ」

偉大なるシヴォレーの男、と名乗る彼は、ニックネームの通りその大きな古い車がご自慢だった。昨年このモンティゴ・ベイからキングストン・タウンまで、一〇〇リッターのガソリンと交換に彼と二人で乗せてもらった。だが、戯れにオチョ・リオスのビーチに乗り入れ、スタックしてしまったのだ。押し出すのに、一時間以上かかってしまった。

「ニューヨークから？」

「いいえ、トーキョーからよ」

「一年もバビロンにいて、よく頭が腐らなかったものだぜ」

ジャマイカの人達は、ニューヨークやパリや東京を、聖書に出てくる悪徳都市になぞらえ、バビロンと呼ぶ。

「あいつはどうした、ええと、なんて名前だっけ？」

「リョウのこと？」

「そう、リョウはどうした。いっしょじゃないのか」

「今日中に来るはずだけど」

「それは残念」

「わたしもよ」

美希はそう答えると、悪戯《いたずら》っぽく笑った。

「リョウが来ても来なくても、またおれのシェヴィに乗れよ」

「七〇リッターにしてくれる？」

少し考え、だがニッと笑うと彼は、

「ノー・プロブレーム、ノー・プロブレーム」と言った。

美希は手を振り、もう一度道を渡った。道の向こうから、シェヴィ・マンが真面目な顔で叫んだ。

「リョウが来たら、おれが会いたいと言ってたと伝えてくれ。ビジネスの話があるからってさ」

「ミュージック・ビジネス？」

「そうさ。じゃあ」

おまえはスタジオ代を出せ、おれがミュージシャンを集めてレコーディングする。ジャマイカ以外での販売権をおまえにやる。おまえは大金持ちさ……というような話を、いったい今までに何人のラスタマンにされただろう。実際に、そんなふうにデビューした世界的なレゲエのミュージシャンがたくさん存在するのだろうか、と時々美希は考え込んでしまうのだ。

クラクションを鳴らしてゆっくりと走り去っていくシェヴィ・マンのピンクのシヴォレーを見送りながら、でも夢があっていいわよね、と彼女は思った。

美希は砂浜を歩いて行った。潮の香りと波の音に包まれる。十分ほど歩き、去年もよく行った、大きなアーモンドの樹の下のささやかな木陰を利用して作られた、ビーチ・バーに入った。入ると言っても、大きな樹の回りにカウンターが作られただけのごく簡単なバーだ。

椅子《いす》に腰かける。小鳥の鳴き声が聞こえてくる。

桜の幹に、〈バード・ウォッチャーズ・バー〉という名札が架かっている。だが美希には、このバーはどちらかというと小鳥達が人間を見下ろし、観察するためのスペースのように感じられる。

腕時計を見る。リョウがニューヨークからやってくるまで、少なくともあと六時間はかかるだろうと思う。いや、もしかしたら六時間どころか、丸一日待ってもやってこないかもしれない。株式が暴落し仕事が長引いていて、飛行機に乗り遅れるかもしれないのだ。日本の銀行は、これ以上不況が長引けば、海外支店を閉鎖するに違いない。そうなったらリョウは辞表を出すと言っているが、実行するかどうか……。

まず、島のビール、レッド・ストライプを一杯。

だがビールぐらいでは、ほんの少しだって酔いそうにもなかった。この太陽だものね、と美希は考える。グラスをあける端から、汗になってしまうのだ。

アーモンドの樹の梢《こずえ》では、小鳥がさえずる声が聞こえてくる。だがそれ以上に、木の枝からぶら下げられたラジカセからは、大きな音量でレゲエが流されていた。バーはビーチの中央に位置し、ビーチの向こうは澄みきった海だ。

海を見ていると、いつも、地球という惑星が水に恵まれたかけがえのない星なのだと感じる。

二杯目のビールを注文し、美希はカウンターの上に一冊の絵本を広げた。テレビ局の同僚が、旅行に出る前にプレゼントしてくれたのだ。彼女にだけは、今度の旅行のほんとうの目的を話した。わたし、結婚式をあげてくるかもしれない、と正直に言ったのだ。子供の頃《ころ》誕生日に父親にプレゼントされたこともある、シンデレラの絵本だった。

カウンターの上にビールのグラスを置いた、髪をドレッド・ロックスにしたバーテンダーが絵本を指差して言った。

「シンデレラか。知ってるよ。おれはそんなに好きじゃないけど」

美希は、答える。

「だって、これは女の子のためのお話ですもの。男の人にはわかりっこないのよ」

「そういうものかね」

シンデレラの話は、美希が子供だった頃、幼い子供達の間では、特に女の子達の間ではとても人気があった。きっと今でもそうに違いない。それに、最近気がついたことなのだが、大人になってからもシンデレラに憧《あこが》れている女達は多いようだ。

彼女が勤務する東京のテレビ局の同僚の中にも、そんな女性達が何人かいた。ある日突然、王子様が現れる。女達は、誰《だれ》もがそんな夢を抱えているのかもしれない。ガラスの靴は自分の足にこそフィットするのだという自負が、きっと多くの女達を支えているのだろう。

それにしても、彼はいつこの島に到着するのだろう。そして、彼の大事な話というのはなんだろう？

美希はシンデレラの絵本を閉じた。

「今夜、デートしない？」

カウンターの中の男が言った。

「わたしは、まだあなたの名前さえ聞いていないわ」

「ぼくはハウリング・ライオン」

「凄《すご》い名前ね。勇ましい。そのタテガミみたいな髪にぴったりだわ」

そう言って美希がウィンクすると、彼は子供のように笑い、照れてうつむいた。とてもシャイなところがある人らしい。

「ミスター・ライオンはいくつなの？」

「十六」

「十六！　わたしはあなたより十も年上だわ。それでもデートしてくれるの？」

あきれたような表情をし、だが気を取り直したように彼は言う。

「あなたは、とてもビューティフルだから」

「ビューティフルだけど、プリティじゃないでしょう。あなたにとってはね」

「いや、プリティだよ。海の底のパールみたいに」

ハウリング・ライオンと名乗る少年の目が、少しばかり真剣になる。こんな子をからかっちゃいけないな、と美希は反省した。

「でも、だめなのよ。今夜は、ニューヨークから友達が来るかもしれないの」

美希は、モンティゴ・ベイの空港を降り立った、ジーンズ姿のリョウを想像してみた。いや、彼はもうホテルに到着して、わたしを待ちながらビールでも飲んでいるかもしれないわ、と思う。誰よりもジャマイカと、レゲエが好きなリョウ。真冬のニューヨークのレストランで、ジャマイカこそがこの地上にのこされた最後の楽園だ、と夢見るような目で語ったリョウ。

「じゃあ、その子もいっしょに」

「男なの。フィアンセなのよ」

「オウッ、ほんとに？　ぼくは、なんてついてないんだろう……」

演技なのかもしれないが、彼はじっと美希の目を見つめ、大きな黒い手でカウンターを叩《たた》いた。

「ごめんなさいね」

「だけど、結婚なんて下らないバビロン・システムだよ」

「そう思う？」

「ラスタは結婚しない」

「嘘《うそ》」

「ほんとだよ。ラスタマンはラスタマンズ・ウーマンを持ってる。だけど、結婚制度は否定してるんだ」

「何人もの女の人を持ってるの？　それっておかしくない？」

「この島じゃ、男のほうがずっと数が少ないからね」

その話は、美希もリョウに聞いたことがあった。ジャマイカには病院も少なく自然分娩《ぶんべん》で、乳幼児の死亡率が高い。とりわけ、男の子がたくさん死んでいく。生命体としては、男のほうが弱いのだろう。だから成人になると、圧倒的に女の数のほうが多くなってしまうのだそうだ。

「ジャマイカの女の人はたいへんね」

彼は黙ったまま少しの間考えていたが、やがて言った。

「君は今、彼が来るかもしれないって言ったよね？」

「ええ。仕事が終わらないと、飛行機に乗れないのよ」

「それじゃあ、来ないかもしれないんだろう」

「そうね……」

「ぼくの勘じゃ、彼は来ないね。だから、月が真上に来る頃、ぼくはここで待っているよ」

「それじゃあ、明日にしましょうよ。わたし、明日もここに来て、あなたにビールをお願いするわ」

「君はイヴを一人きりで過ごすつもりなのかい？　今夜はクリスマス・イヴだよ」

ほんとうにそうだ、と美希は思う。リョウがわたしに、イヴを一人で過ごさせるつもりなのだろうか。

畳み込むように、彼が言った。

「レゲエ・ナイトを過ごそうよ。レゲエは嫌い？」

「大好きよ」

彼は、カウンターの上に置いた両手を広げて見せた。

「見ろよ、この手」

ごつごつした、太い指だった。

「大きな手ね」

「季節によっちゃ、サトウキビ畑で働いてるんだよ。ボンゴを叩くにはちょうどいいのさ。おれのボンゴを聴《き》かせてやるから」

美希は微笑んだ。

「あなたもミュージシャンなのね」

「この国は、ミュージシャンだらけだよ」

「わかったわ。もしも彼が来なかったら、月が真上に来る頃、あなたに会いに来るわ。でも、来なくても怒らないでね」

アーモンドの樹の反対側にいた男が、こちらに回ってくる。彼に言った。

「リトル・ライオン、何を話してんだよ?」

「おれリトル・ライオンじゃないぜ。ハウリング・ライオンだ。今度リトルなんて言ったら、その鼻をへし折るぞ」

「悪かったよ、リトル・ライオン。で、どうしたんだ?」

彼は舌打ちすると、だが明るい声で言った。

「おれはね、東洋のパールを拾ったんだ」

美希は、肩をすくめた。

二杯目のビールを飲み終え、美希はビーチを歩きはじめた。

酔っているのだろうか？　気分はいい。

してみると、少しは酔っているのかもしれない。だけど島の太陽の下にいるってことそのものが、酔っているようなものだもの、と美希は考える。

光と空気と、あまりにも色鮮やかな花々に酔ってしまうのだ。

そして、そんな時には、リョウを心から愛《いと》しいと思うことができる。

ニューヨーク支店に転勤になった彼に連れられ、三年の間に四度彼女はこの島にやってきた。あるいは、五度になるかもしれない。三年間に四度、あるいは五度。多いほうだろう。それに、三年間という時間も決して短くはない。

この島にいるといつも、彼を心から愛しいと思うことができる。だが東京かニューヨークにいると、気持ちがささくれ立ってくる気がする。

どちらもほんとうの気持ちで、ほんとうの自分だった。彼もそのことをよく承知しているようで、休暇がとれると美希をジャマイカへ誘いたがった。

海の向こうに太陽が沈んでいく。気が遠くなるほど長い夕暮れ時だ。海沿いの道にとめた、派手にペイントしたワゴンから、大きな音量で無名の女性レゲエ・シンガーのレコードが流れてくる。

彼女はこんなふうに歌っている。

〈わたしの家のテーブルの上にパンはないけれど、愛がいっぱい〉。

レゲエは、愛の歌だ。そして、率直な愛を貫けない不合理なシチュエイションとどこまでも闘おうとする闘争の歌でもある。

でもわたしは、と立ち止まった美希は考える。テーブルの上にパンがない時にリョウを愛することなんてできるだろうか、と。わたしが住んでいるのは東京で、もしかしたら住むことになるかもしれないのはニューヨークで、残念ながらジャマイカではないからだ。もっと冷静になるべきだ、と美希は自分に言い聞かせる。

ビーチに腰を下ろし夕日を眺めながら、美希はリョウのことを考える。

あの人は、仕事をしている時は精悍《せいかん》で逞《たくま》しく男らしいのに、わたしと二人きりになるとなぜいつも小学生の子供みたいになってしまうのだろう？　結婚するってことは、彼のお母さんにならなきゃいけないってことなのかしら？


カリブ海を眺めることができるホテルに戻った美希は、レストランでシェリーを飲んでいた。レストランの片隅《かたすみ》では、年老いた男がギターを弾きながら歌をうたっていた。

レゲエにも似ているがレゲエではなく、カリプソに似ているがカリプソでもない。いつかリョウが話していた、この島の古い音楽、メントなのかもしれない。

歌詞は、よく聴きとれなかった。英語なのかそうでないのかということさえ、彼女にはわからなかった。

だが、老人の歌う声は、開けはなった窓から射し込む月の光のように、美希の心に真っ直ぐに入ってきて、彼女は思いがけず涙ぐんでしまう。

もしも電話でリョウが言っていたように、彼が具体的に結婚を申し込んできたら……わたしは何と返事をすればいいのだろうか。彼がほんとうに、東京にのこしてきた妻と離婚してジャマイカへやって来たら、自分はどうすればいいのだろう。

もしかしたら、わたし達は別れることになってしまうかもしれない。不意に、美希はそう思った。

きっとわたしは二重三重の意味を生きていて、それが自分らしいのだから、と。なにかひとつを選択するなんて無理なような気がした。

老人は歌いつづける。

彼ではなく、たとえばあの老いたギター弾きの人になら今の自分の気持ちがわかってもらえるのではないだろうか、と美希は思った。

老人と、目が合った。

涙ぐんだ美希を見て、彼がかすかに微笑んだような気がした。

リョウと結婚することはないだろう、という気がした。わたしは子供を持つことさえ望んではいない。透明な海に浮かんだ島が完結した世界そのものであるように、わたしはたった一人でいるほうがわたしらしい。

誰もが、ほんとうは海の中の島々のような存在なのだ。

〈でも、シンデレラの夢はどうするの、それって、とても重要な問題じゃなかったの？　それに、一人ぼっちは淋《さび》しくないの？〉

もう一人の自分がそう言う。イヴのレストランは、カップルばかりだった。

シェリーのグラスを手にして、美希は海のほうを眺める。そして、考えた。わたしは、壊れかけているわたしらしい未来を見つけなければ、と。

真っ白な制服を着たウェイターが、あなたはミキか、と尋ねた。そうだと答えると、彼は電話が入っている、と告げた。

席を立ち上がりながら、美希はちらりとライオン少年の顔を思い出した。

「はい、ミキです」

「どうだい、そっちは暑いかい？」

リョウの声だった。

「……と言うことは、まだニューヨークなのね？」

美希は、モンティゴ・ベイの空港に降り立ったジーンズの彼ではなく、イタリア物のスーツに身を包んだヤング・エグゼクティヴのリョウを思い描いてみる。彼が、急に遠い場所にいる人に思える。

「ああ、ごめんな。もっと早い時間にも電話したんだけど、君は外出してたみたいだから」

美希は、溜め息をついた。がっかりして、体の芯《しん》から力が抜けていくようだった。

「明日は？」

「それがね、明後日になっちまうんだ。実は、やっぱりニューヨーク支店は撤退することになってね、会議があるんだ。それに……」

「なに？」

「離婚のこと、電話で言ったらね。どうしても会って話がしたいって言われてさ。もう、彼女、こっちに向かってるんだよ」

「そう……」

「でも、どんなことがあっても明後日には行くから」

「今夜は、イヴなのよ」

意地悪を言うつもりはないのだが、ついそう言ってしまった。

「わかってる。ごめんよ。でも、イヴなら来年もまた来るじゃないか」

「今年のイヴは今夜だけだわ」

「またそういう聞き分けのないことを言う」

美希は黙り込み、ラインの向こうも沈黙に包まれる。しばらくしてから、気まずさに耐え切れずに、美希が言った。

「そう言えばね……」

「なんだい」

「シヴォレーに乗ってた人、覚えてる？」

「シェヴィ・マン・ザ・グレートだろう。会ったのかい？」

「ええ。あなたと、ミュージック・ビジネスの話がしたいって」

「またそれか」

リョウは苦笑いしている。そのことに、どうしたわけか、美希は傷ついた。ニューヨークでマネー・ゲームの末端に連なっているリョウのほうが、ジャマイカでミュージック・ビジネスの夢を見ているシェヴィ・マンより優れていると言えるだろうか。たとえば雲の上のサンタクロースは、どう思うだろう。

「銀行辞めたら、こっちに彼と二人でオフィスをかまえるってのはどうかしら」

「今、疲れてるんだ。会議ばっかりでさ。そういう冗談はやめてくれないかな」

「あら、わたし本気よ。あなたはオフィスをかまえて、わたしはこっちのテレビ局でまたキャスターやるのよ。スポーツ・キャスターなんかじゃなくて、今度は音楽番組を担当したいわ」

だってわたしは、野球もサッカーもゴルフもほんとうは嫌いなのだもの、と美希は思った。ラインの向こうで、リョウが深々と溜め息をつくのが聞こえてきた。

「さっきも言ったけど……」

「疲れてるのね？」

「そういうことだ」

ギターを弾きながら歌っていた青いシャツを着た老人が、何回目かのステージを終え、煙草《たばこ》を吸いながらこちらに歩いてきた。電話をしている美希の側を通り抜けた。なんて悲しそうな目をしているんだろうと美希は思う。

「それじゃあ、この電話、もう切ってあげるわ。さようなら……」

「じゃあ、明後日」

「無理なら、来なくてもいいのよ」

「またそういうことを言う。愛してるよ。もう少しの辛抱だからさ。プレゼントも買ったんだ。エメラルドのリング」

ふと、吠《ほ》えるライオンの言葉を思い出した。

「わたし、パールの指輪がよかったのに」

「えっ？」

「今度こそ、ほんとうに、さようなら」

「ちょっと待てって。そのホテルを移るなよ。移るならフロントに……」

美希は受話器を置いた。それからレストルームへ行き、鏡の前で泣いた。

ハウリング・ライオンは、赤と黄色と緑のラスタカラーのレッグ・ウォーマーにショート・パンツ、アフリカの地図がプリントされたTシャツに黒い毛糸の帽子といういでたちで待っていた。立派なドレッド・ロックスは、今は丁寧に帽子の中に収められている。

「メリー・クリスマス」

にっこり笑うと、彼はそう言った。

「ありがとう。メリー・クリスマス」

「こっちだよ、すぐに行こう」

美希は、彼の後について歩き始める。

ビーチを抜け、海岸通りを横断し、ホテルの脇《わき》の細い道を歩いて行く。

「ねえ、どこへ行くの？」

ハウリング・ライオンは立ち止まる。

「もうすぐだよ」

「この先には、ゲットーしかないんじゃないの？」

少し心配になり、美希は言った。

「君は、レゲエが好きだって言ったろう？」

「ええ」

「レゲエはゲットーで生まれたんだ。ボブ・マーレィもピーター・トッシュもジミー・クリフも、それにこのハウリング・ライオンも、ゲットーで生まれたのさ」

美希は、うつむいた。

「……ごめんなさい」

「謝《あやま》ることなんかないよ。行こう。ぼくと連中は友達で、ぼくと君は友達だ。だから、連中と君も友達さ。ノー・プロブレムだよ」

「うん」

「それに、あそこには可愛《かわい》い子供達がいて、きれいな花が咲いているよ」

二人は、再び歩き始める。やがて、銃を構えたラスタマン達が四、五人立つ、ゲットーの入り口に辿《たど》り着いた。美希は少し緊張したが、彼らはハウリング・ライオンを見ると穏やかに笑う。美希は紹介され、すべての人達と握手した。遠くから、生で演奏するレゲエが聞こえてきた。

中に入ると、シャクスと呼ばれる、段ボールとトタン板で作った掘っ建て小屋がずらりと並んでいた。黒い豚が歩いている。細いぬかるんだ道が、奥へつづいている。

美希は、ハウリング・ライオンに尋ねた。

「あなたはクリスチャンじゃなくてラスタなんでしょう。ラスタもクリスマスを祝うの?」

「そうさ。ぼくらの神はパーティが好きだからね。サンタクロースだっているさ。ただ、ぼくらのサンタクロースはもちろんブラック・ピープルだけど」

美希は微笑み、彼と手を繫《つな》いだ。なんだかいろんなことは、どうでもいいような気がした。たとえば今夜のイヴをどう楽しく過ごすかということだけが大事なのだと思えた。

二人は、月明りだけを頼りに歩き始める。

「あなたは、いくつの時までサンタクロースを信じてた？」

「今だって信じてるよ。サンタクロースが見つからない人は、疲れ果てたかわいそうな大人さ。音楽に身を任せれば、明日へのドアが開くんだ」

「それじゃあ、今年もなにかプレゼントを貰《もら》った？」

「東洋のパールをね」

「わあ、上手なんだ」

「君は、なにか貰ったかい？」

少し考え、美希は答えた。

「レゲエ・ナイトをね」

「よかった、君は疲れ果てた大人じゃない」

道は上り坂になり、坂の上に明りが見えた。

坂の上の広場は、昼間のように明るかった。中央のステージでレゲエ・バンドが演奏し、女達や子供達、それにドレスアップしたラスタマン達が踊ったり酒を飲んだり、水パイプでガンジャを吸ったりしている。よく見ると、小石を結びつけた裸電線が、送電線に架けられていた。どうやら、電気を泥棒しているらしい。ステージの上には、トタンで作られた屋根があり、客席には小さな椅子が並べられていた。

「ここは、普段は学校なんだよ。みんなが金を出し合ってこの学校を作ったんだ。だから、どの子もみんな自分の名前が書けるんだぜ」

美希はうなずいた。

ステージでギターを弾いていた年配の男が、ハウリング・ライオンを呼んだ。

「おれ、何か歌ってくるよ。リクエストあるかな？　ボブ・マーレィとジミー・クリフとどっちがいい？」

「あのう、テーブルの上にパンはないけれど、愛がいっぱいって歌詞の歌があるでしょう？」

「オー・ケイ、それを歌ってくるよ」

ハウリング・ライオンはステージの光の中へ歩み出て、メンバーと二言三言打ち合わせすると、細長いボンゴを叩きながら歌い始めた。わたしの家のテーブルの上にパンはないけれど、愛がいっぱい……と。

芯の強い声が、深い闇《やみ》の方へ流れていった。

鎖骨の感触

片岡義男

1

彼が彼女と三度めに寝たとき、彼は彼女の鎖骨について、彼女に語った。

「鎖骨が、素晴らしい」

彼女の喉の側面に顔をつけて、彼は言った。そのときの彼は、まだ彼女の上に位置していた。

「さこつ？」

彼女が、きいた。

「そう」

「骨？」

「ここの骨」

彼女の喉の側面から顔を離した彼は、唇で彼女の右の鎖骨を、肩の先端から胸骨の上まで、たどってみせた。

「鎖骨が、どうしたの？」

「素晴らしい」

「私の鎖骨が」

「そうだよ」

「どんなふうに？」

「よく出来ている」

「肩の骨でしょう？」

「これ。ここでこんなふうにカーヴしている、この骨」

右手の指さきで、彼は彼女の右の鎖骨を、もう一度たどった。

「私は、肩が広いのよ。いかり肩だし」

「肩ぜんたいが、しっかりと出来ている。鎖骨が、とてもいい」

「なぜ、そこがいいの？」

「よく動く骨なんだ」

「鎖骨が？」

「思いのほか、さかんに動く。きみの腕とか肩などの動きにあわせて、よく動く。その動きかたが、たいへんにいい」

「気にいってもらえて、よかったわ」

「きみがオーガズムにむかっていくとき、きみの鎖骨は、きわめて魅力的な動きかたをする」

彼女は、静かに笑った。笑うと、胸から腹にかけての響きが、彼にも伝わった。

「みじかい間隔をとって、たて続けに何度も、オーガズムに到達しただろう」

「夢中だから、数は数えていないわ」

「何度も」

「そうね」

「鎖骨の動きが、すごいんだ。顔を押し当てて、その動きをぼくは楽しんだ」

「どんなふうに動くの？」

「簡単には説明出来ない」

自分の上にいる彼の右の鎖骨に、彼女は指さきを触れてみた。

「あなたのは、これね」

「そう」

「動かしてみて」

彼は、彼女をいろんなふうに抱きなおしてみた。彼が腕を動かすたびに、彼の鎖骨は絶妙に動いた。

「ほんとだわ」

「いまのは、ただ動いているだけだ」

「でも、私を抱いて動いているのよ」

「きみがオーガズムにむかうときのきみの鎖骨の動きを、きみは知らないだろう」

「確かに、それは、知らないわ」

2

彼が彼女と四度めに寝たときには、彼は彼女の肩甲骨《けんこうこつ》を賛美した。

「それは、どこの骨なの。聞いたことのある名前だわ」

「肩の、ほら、うしろの骨さ。ここ」

このときは、彼があおむけに横たわり、その上に彼女がまたがるようにして彼に体を重ね、両肘でシーツの上に体重を支えていた。

「骨が好きなの?」

「きみの肩甲骨が好きだ」

「このまえは、鎖骨だったわ」

「つながっている」

「そうでしょうね」

「鎖骨は、肩甲骨の肩峰と関節でつながっているし、もういっぽうの端は、胸骨にやはり関節でつながっている」

「うしろから見ると、三角みたいになっている骨ね」

「きみのは、よく出来ている」

「肩が広くて大きいのよ。きっと、そのせいだわ」

「動きが、とてもいい」

彼の喉に顔をうずめ、彼女はおだやかに笑った。

「オーガズムにいたるときの動きかしら」

「そうだよ」

彼女は、彼を深く抱きなおした。そして、自分がオーガズムにいたるときの動きを、シミュレートしてみせた。

「こんなふうなの?」

「まるでちがう」

ふたりは、笑った。

「もっと夢中の、我を忘れた、切迫感にみなぎった、しかもなお優しい、女性の動きなんだ」

「鎖骨と、肩甲骨」

「こうして下から両腕をまわし、大きく開いた手を肩甲骨にあてがっていると、たいへんいい。

しっかりした、いい背中だ。素晴らしい」

3

五度めに寝るまえに、彼と彼女は、夕食をともにした。

食事の途中で、彼はフォークを静かに置き、テーブルごしに彼女の肩にむけて右手をのばした。胸もとがかなり開いたシャツを、彼女は着ていた。片方の襟を指さきでかきわけるようにして、彼は、シャツのなかにその指を入れた。

彼女の鎖骨のくぼみに、彼は指さきをかけた。

「すこしだけ、こちらの肩を持ち上げるようにしてみてくれないか」

彼の依頼どおりに、彼女は肩を動かした。鎖骨のくぼみは、いちだんと大きくなった。彼の指は、そのくぼみにしっかりとはまった。指さきに力をこめ、彼は彼女を自分のほうに引いた。

彼女が彼を見た。

彼女の目は、官能的に笑っていた。

4

「目に見えるようだ」

　と、彼は言った。

「なにが？」

　彼女が、きいた。

「なにが見えるの？」

　暗い寝室のベッドの上でブランケットにくるまり、彼に脚や腕をからめながら、彼女がそう言った。

「きみは、プールで泳いでいるんだよ」

「ええ」

「プールの縁まで泳いできて、縁に両手をかけ、はずみをつけて体を縁にあげる。縁に片足をかけて立ちあがるまで、ひとつにつながった動作なのだけれど、立つ直前に、きみの体はまえへかがみこむようになる。そのとき、きみの鎖骨のくぼみから、水がかなり大量に、こぼれ落ちるんだ」

「私にも、見えるわ。そういうことって、確かにあるのね。なにかの拍子に、ここのくぼみがとても大きくなるときって、あるから」

「その大きなくぼみに、水がいっぱいに入っているんだ」

「ええ」

「プールからあがってきたきみの鎖骨のくぼみから、水がこぼれる。誰だってすこしはこぼれるだろうけれど、きみの場合は、水の量が多いんだ」

「ええ」

「水がこぼれ落ちてくるところを、ぼくが見る」

「そのうち、プールへ泳ぎにいってみましょうか」

彼女が、言った。

「水着が問題だね」

「そうだわ」

「鎖骨や、その鎖骨のくぼみを邪魔しないような肩のストラップのついた水着でないといけない」

「そのとおりだわ」

「どんな水着を持っているんだ」

「競泳用の、ぴったりした薄い生地のワンピース」

「肩は？」

彼がきいた。

「かなり幅が広いわ」

「ほかには？」

「平凡なビキニが一着」
「肩のストラップは、どんなだい」
「細いわよ。面積の少ないビキニだから、肩の紐も、細いの」
「しかし、ただ細ければいいというわけでもないだろうね」
「そうね。難しいところだわ」

5

回数は、数えてももはや意味はほとんどなかった。これで何度めであろうと、関係なかった。うしろから彼をむかえるとき、彼女は枕を抱くのが好きだった。枕を抱き、顔は枕からはずしてシーツに横顔を埋めるような姿勢をとる。脚を彼のために開き、腰を彼の好みの高さに保つ。

彼は彼女の胸の下から手をまわし、下から逆につかむかたちで、彼女の肩に手をかける。

彼女の鎖骨が動くのを、彼は楽しんだ。片手はそのようにして胸の下から逆に鎖骨をつかみ、もういっぽうの手は、肩甲骨に押し当ててその動きを楽しむというやりかたも、彼らしいものだった。

彼が上になっているときには、彼女の鎖骨の動きの楽しみかたには大きく分けてふたとおりあると、彼は言っていた。

「動きを顔で感じるのと、手で感じるのと、そのふたとおりさ」

オーガズムにむかって彼女が夢中になっていくあいだ、彼女の肩に顔を押し当てていれば、鎖骨だけではなく肩の動きぜんたいを、彼は自分の顔をとおして感じることが出来た。手で感じる場合は、要するに彼女の肩に手を当てていればいいのだが、

「手をどの部分にどんなふうに当てるかによって、動きの感じとりかたは、微妙に千差万別なんだ」

と、彼は言っていた。

6

彼女がスリップを身につけたときもあった。彼女自身の発案だった。彼は、よろこんだ。

「いまこうしてほとんど裸でいるきみの肩に対して、このスリップの細く薄いストラップは、最小限の衣装なんだ」

彼の言いかたに、彼女は面白そうに笑った。

「よく似合う」

「そうではないかと、自分でも思ったの。鏡のまえで、あれこれ試してみたのよ」

「肩のストラップが両肩に一本ずつあるだけで、すこしおおげさに言うなら、世界は激変してしまう」

「うれしいわ」

「なぜ」

「だって、いろんなふうに私を楽しんでほしいから」

結局、彼女の肩によく似合うスリップのストラップは、白、黒、そして赤だった。その他の、ぼんやりした中間的な色のストラップは、彼女には似合わなかった。

「きみの性格の反映だろう」

と、彼は言っていた。

7

「シャツを買おう」

と、彼は言った。

「私のシャツなの？」

「そう。きみのためのシャツ。もっと正確に言うなら、きみの肩のためのシャツ」

ふたりは、何軒かの店を見てまわった。

彼の判断の基準を越える出来ばえのシャツを、ふたりはみつけることが出来た。白い絹の、一見したところ平凡だが、よく見るとさりげなく高度に洒落ているという、彼好みのつくりだった。

ほの暗い寝室のベッドでふたりだけの時間を過ごすとき、彼女は、そのシャツを裸の体の上に着てみた。ボタンは、まんなかのふたつだけを、かけた。

裾は腰の下まであるが、ベッドで彼と抱きあうと、裾は当然、たくしあがった。腹は、ボタンをすべてかければ、かくされるだろう。しかし、まんなかのふたつしかボタンをかけていないから、彼女の腹は、なかばシャツによってかくされ、なかばあらわだった。胸も、おなじだ。かくされていると同時に、微妙にあらわでもあった。そして、肩も、そのような状態に似ていた。

絹のシャツごしに感じとる彼女の鎖骨や肩甲骨の動きに関して、彼は熱意を示した。

8

鎖骨や肩甲骨の動きを目で見るのもまた、たいへんに楽しいことなのだと、彼は言っていた。

「ぼくがきみの上にいるときには、きみの鎖骨の動きは、ぼくの目のまえにいつだってあるんだ。ぼくは、それを見ている。うしろからのときには、きみの肩甲骨の動きを見ることが出来る」

「たくさん見て」

と、彼女は言った。

9

冬の夜、ふたりは散歩をする。人がほかに歩いていない時間に、ふたりは歩くことが多い。このほうが、歩くことをより大きく楽しめるからだ。

交差点の横断歩道で、信号が変わるのをふたりは待つ。彼は、かたわらに美しく立っている彼女を、おだやかに抱きよせる。

彼は、たとえば左腕で彼女の背中を抱く。彼女は、両腕を彼の体にまわす。ふたりは、ごく軽く口づけをする。彼の右手は、彼女の衣服の外側から内へ入りこみ、彼女の鎖骨をさぐり当てていく。

マフラー。コート。セーター。シャツ。彼の指さきは、かきわけていく。やがて、ほんのりと温かい彼女の肩に、彼の指は触れる。冬の夜の冷気のなかで、彼女の肩は、気にいった服にくるまれて、ひっそりと息づいている。鎖骨が呼吸している。

彼の指さきが、彼女の肩を、そして鎖骨を、愛撫していく。ほんのりと温かい彼女の鎖骨は、外気の温度の低さと、絶妙に調和している。彼の手で服をかきわけられ、鎖骨に冷たい冬の夜の空気が触れるのは、彼女にとっても、たいへんに快適なことだ。

「冬だから、いいのね」

と、そのときのことを思い出しながら、彼女は言う。

「そうかな」

「そうよ。外が寒いから、いいのよ」

「ぼくたちの関係は、秋にスタートしたからね」

「夏には、どんなふうになるかしら」

「盛夏の、よく晴れた、ものすごく暑い日の、きみの肩」

「そう」

「どんなだろう」

「暑くるしいのではないかしら」

「けっして、そんなことはないと思う。逆に、涼しい感じがするのではないかな」

「そうだといいわ」

「たとえば、そんな日に、きみのシャツのなかにぼくが手を入れてきみの肩に触れると、その肩は、ひんやりと冷たいんだ」

「そうありたいわ」

と、彼女は言っていた。

10

冬の午後、寝室は静かだ。ふたりは、ベッドのなかにいる。快適だ。ベッドのなかは、温かい。彼の体温と彼女の体温とが、共同してひとつの世界をかたちづくっている。ふたりの香りが、ひとつになる。

時間は、ゆっくりと経過していく。ゆったりとした、心やすらぐ時間だ。しかし、冬の日が暮れるのは早い。ついさきほどまでまだ午後だったのに、ふと彼女が体を起こして窓の外を見ると、もう外は夕方の風情だ。光が深く斜めとなっていて、淡くせつない。

ふたりは、抱きあう。彼は、彼女の肩を満喫する。鎖骨と肩甲骨を、堪能する。

「すっかり条件づけられてしまいそう」

と、彼女は、密《ひそ》やかにあえいで言う。

「ぼくがきみの肩に触れると、きみは、条件反射のように、たとえばいまのような時間を思い出すことになるんだ」

「そうよ」

「ぼくの体に対して、こんなふうになっているいまのきみのこの脚を思い出すんだ」

「どうして私の脚がいまこんなにしどけないか、わかる?」
「わからない」
「動けないのよ。体からすっかり力が抜けてしまって」

11

ふたりは、会員制のバーのカウンターにいる。カウンターをまえにして、ふたりは隣りあわせのストゥールにすわっている。

軽く酒を飲みながら、ふたりは話をしている。ベッドのなかで裸で抱きあっているときには出来ないような話を、彼らは楽しんでいる。

彼が彼女の肩に手をかける。彼女が着ているシャツのしなやかな生地の下に、肩がある。しっかりとしたつくりの、広い、強そうな肩だ。

開いた彼の五本の指のそれぞれが、彼女の肩に対して、微妙に力をこめたり抜いたりする。その指さきの動きを自分の肩に感じていると、彼女は、やがてかならず、ほの暗い寝室で裸になりたいという気持ちになってくる。ベッドに入って抱きあい、彼が自分の肩に顔を押し当て、鎖骨の動きを楽しんでいるあいだに、自分は思いきりのぼりつめていくことを、彼女は思いはじめる。

気持ちがこんなふうになっているとき、彼女の会話のなかみは、知的な刺激に満ちていて、彼にとって興味深い。

12

「写真には撮らないの？」

と、彼女がきいた。

「きみを写真に？」

「そうよ。私の肩とか、あるいは、肩甲骨をうしろから」

「きみは、立体なんだ」

「ええ」

「写真は、二次元だ」

「そうね」

「立体と二次元とでは、比較にならない。だから、写真には、撮らない」

「二次元でも、すくなくとも、記念にはなるでしょう。あるいは、不完全ながら、記録とか」

「きみの肩や肩甲骨を、いつまでも自分の手もとに持っていようとは、ぼくは思ってはいないんだ。きみの鎖骨や肩甲骨がぼくの手もとにある時間は、もともと、きわめて短いんだ。それでいいんだよ。立体で、しかも生きて生命を持った、複雑なものなんだ。ぼくとは関係なしに、きみはきみ自身の生活を持っている。ぼくとしては、ほんのすこしだけ、きみの肩を楽しむことが出来れば、それでいいんだ」

「石膏で型をとったりは、したくないの？」

笑いながら、彼女はきいた。

彼も、笑った
「つくってもいいよ。しかし、それは、きみの抜けがらだ」

「私があなたの手もとにないときには、あなたは、私に関してどんな状態でいるの？」

「想像している」

「私がどこでなにをしているか、とか」

「そうだね。いまもどこかで、あの鎖骨が動いているのだと思うと、満足感がある。世のなかというものに対して、すこしは希望が持てるような気持ちになってくる」

13

「私があなたの手もとにあるのは、ほんのみじかい時間なのだと、あなたは言ったわね」

「言った」

「そして、自分としては、そのみじかい時間で満足なのだとも、あなたは言ったわ」

「そのとおりだ」

「いま時間が進行しつつあるこの現在のなかでは、私があなたの手もとにあるのは、ほんのみじかい時間なのよ。そして、あなたが私と知りあう以前の、過去になってしまうと、あなたは私のことをまったく知らないのよ。私の存在すら、あなたは知らないのよ」

「残念だ。過去に関しては、ほんとうに残念だ」

「現在の時間のなかで私があなたの手もとにないとき、あなたは私に関して、想像を楽しんでいると言ったわ。過去の時間に関しては、どうなのかしら」

「そこでもまた、想像する以外にないだろう」

「想像のきっかけを、すこしあげましょうか」

「ぜひ、欲しい」

「私は、中学生のときに、バスケット・ボールと水泳をはじめたの。水泳は、バタフライだったわ。高等学校に入っても、バスケット・ボールは続けたの。水泳も、続けたわ。そして、高等学校のときには、このふたつに、野球が加わったの」

「イニシアルはみんなBだね」

「そうなのよ。でも、野球は、キャッチャーをすわらせて、ボールを投げるだけなの。自分に出来る限りの速度で、ストライクを直球で投げることが出来ると、たいへんな満足感があったわ。いろんな球を投げることが出来るようになったのよ。縦にも横にも、カーヴは大きく曲がるし、スライダーもきまるし、フォーク・ボールは、すとんと落ちるの。でも、フォーク・ボールは、ワン・バウンドになることが多かったわ」

「そのようなスポーツをやっているあいだ、きみの鎖骨や肩甲骨は、じつに盛んに動いたわけだ」

「想像してみて」

と言って、彼女は微笑した。

「いまのきみの肩は、さまざまなスポーツの成果かな?」

「生まれつきみたい。この子の肩は、まあなんという肩でしょうと、おばあさんが言っていたのを、私は覚えているから。私がまだ小さかった頃」

「いまはもう、そのスポーツは、やってないのかい」

「バスケット・ボールは、チームに入って、いまでも試合をしたりしてるのよ。水泳は、普通に続けているけれど、キャッチャーにむかってボールを投げることは、なかなか出来ないわ。それが、とても残念なの。テニスも、するわ」

「そういった、過去や現在のきみの時間の、現在におけるそのときどきの結晶のようなかたちで、オーガズムにいたる時間のきみの鎖骨や肩甲骨の動きを、ぼくは知っている」

14

彼と別れるときはどんなだろうかと、彼女は思う。

いろんなやりとりがあったあと、最後の最後には、さようならという意味をこめて、やはり彼は私の肩に手を置くのではないかと、彼女は思っている。彼は、私の肩を、きっとあの手で、優しくつかむように持つだろう。

私はそのとき、カシミアのセーターを着ているはずだ、と彼女は思う。素肌の上に、カシミアのセーターだ。素肌とそのセーターとのあいだには、下着の細く薄いストラップがあるだけだ。

私の肩を優しくつかんだ彼の手は、カシミアのセーターの感触や肩の量感は感じることが出来ても、その下着のストラップの存在までは、感じることは出来ないだろう、と彼女は思う。そして、そう思うと、なんとなくうれしい。

別れにあたって、彼は、私の肩の最後の感触を掌で楽しむ。そして自分は、そのときの彼の掌の感触を、彼に関する最後の思い出として、自分の肩の感覚のなかに、いったいいつまで記憶しているのだろうかと、彼女は思う。

【ライナーノーツ】

〝時代〟の終りと〝物語〟の始まり

——「シティポップ」と、同時代（一九八〇年代）日本の「都会小説」

平中 悠一

「シティポップ」回顧――レトロスペクティヴ

「シティポップ」という〝物語〟

シティポップが世界的に人気になっているという〝物語《ナラティブ》〟が聞こえ始めたのはいつ頃からだろう。80年代日本発の都会的なポップスのことだが、当時は「ニューミュージック」という呼称がむしろ一般的で、それが90年代には例の「Jポップ」というジャンル名、というより商品名に歌謡曲全般とともに飲み込まれていったというのが日本のリスナーの認識ではないか。ニューミュージックはそれ以前のフォーク・ソングとは一線を画した都会的なポップスで、「シティポップ」と称する音楽もそこから出てきたが、当時のもっとも都会的なポップスを好んだリスナーは「シティ」などと自分でいってしまうのはあまりにダサいと思う程度にはスノッブだったため、広く人口に膾炙することはなかったように思う。[*]だがインターネットなどを見るかぎり、かつて「ウォークマン」が世界のことばになったように、「シティポップ」ももはや世界のことばになったと思われる現在、逆にこの〝物語〟を受け入れ、回顧的にたどり直してみると、ランドマークとして考えられるのが、やはり大滝詠一『A LONG VACATION』(一九八一)、山下達郎『FOR YOU』(一九八二)の2作だろう。同時代に活躍していた南佳孝、伊藤銀次なども今から見れば「シティポップ」だったということになる。さらにさかのぼり、大貫妙子『SUNSHOWER』（一九七七）、シュガー・ベイブ『SONGS』（一九七五）なども現在でいう「シティポップ」の最初期のものと考えるなら、当時のパラダイムではニューミュージックの中でも特に都会的なスタイルと考えられていた音楽が、だいたい現在の「シティポップ」にあたるということになる。するとそのルーツは70年代、当時のニューミュージックにあることになり、ティン・パン・アレーやはっぴいえんどといったグループの人たちもその射程に入ってくる。事実80年代の「シティポップ」のかなりの部分はこの70年代のニューミュージックに根ざす音楽家たちによって作られていた。

ニューミュージックの中でも特に都会的なスタイルの音楽がシティポップだとすると、ではまず、ニューミュージックとはどんな音楽だったのか。もう少しそこも考えてみたくなる。

*「ニューミュージック」という呼称ももっさりしてるが、「ニュー・ウェイヴ」や「ボサ・ノヴァ」（新しい波／傾向）というジャンル名もある。だいたい日本語はカタカナ英語にするとちょっと格好よくなったり（この点は「理想化」の問題として後でまた立ち返る）漢字語にするともっともらしく権威的になったりするが、アルファベットの国ではそういうことは少ない。フランス語で「洋楽」はシャンソン・エトランジェール（外国の歌）でしかない。ちなみにビートルズの歌は、ビートルズの「シャンソン」ということになる。

「都会的」って何なんだ？——サウンドと歌詞

70年代のニューミュージックはそれ以前のフォークより都会的だった、と最初に書いたが、ではその「都会性」とは何だろうか。当時ニューミュージックは〝フォークにロック色が入ったもの〟とも説明されていたが、実際にはより多様な欧米の音楽、つまり広くいって「洋楽」の影響を受けていた。あるいはもっと積極的に、そのイディオム（語法）を取り込んでいた。より「都会的」とはまずそういう洋楽のテイストのことを指している（逆にいえば、そのテイストを好んだリスナーが「都会的」だったということになる）。ロック以前のアメリカのポップスや、ソウル、R&B、ジャズ、フュージョン、ラテン、映画音楽……。「洋楽」という大きなひとつの〝窓〟を通し、さまざまなスタイルが各ミュージシャンの関心のままに吸収されていった。80年代にはレゲエを試みた人も多かった。「シティポップ」というキーワードを念頭に、改めて『SUNSHOWER』（前記）や南佳孝『SOUTH OF THE BORDER』（一九七八）などを聴き直してみると、現在のインターネットではシティポップを日本版のAORと捉える向きがあることにも自ずと納得がいく。* しかもそれを当時ここまで高い技術で実現していたのだから、欧米のポップ音楽マニアに「再発見」され、極東にこんなポップスがあったのか……と驚嘆されるという〝物語〟にもそれなりの説得力があるのだが、このサウンド、音楽面と同時に、80年代シティポップの基礎を築いた70年代のミュージシャンの作品の持つ「都会性」には、またことば、歌詞の力に負うところもあった。*

*AORは「アダルト・オリエンテッド・ロック」の略。当時は「洋楽」のジャンルとして「アダルト・コンテンポラリー」などとやや重なりながら、ひとつのジャンルとして受け入れられていた。ストレイトなロックに対

し、ジャズやソウル、ラテンのフレーバーなどもクロスオーバー的に入った〝大人のためのロック〟ということだが、結果的に、多様な「洋楽」のテイストをその出自にとらわれず取り込んだ日本のニューミュージック〜シティポップは外から見ればAOR的に聴こえる、ということかもしれない。

*順番としては、では「フォーク」とは何だったのか、というところも気になるはずだが、今回提示したい問題には関与しないのでここでは問わない。また本稿では「シティポップ」をフォークに根ざすニューミュージックの一部と捉え、日本のその他のポップ音楽のジャンルとの関係については扱わない。

「シティポップ」の在り処——トポロジーとトポス

「北の通り」とはどこなのか？

はっぴいえんどに続いて結成されるグループ、ティン・パン・アレーに「ソバカスのある少女」（一九七五）という歌がある。「北の通りで　ソバカスのある　少女を見かけたなら声をかけてくれ」というのがその歌い出しの歌詞だが、さて、この「北の通り」とはどこなのだろう。もちろん作者に訊いてみれば、モデルはどこ、と簡単に教えてもらえるかもしれない。しかし現代の世界水準の文学テクスト分析では、〈作者が何を書こうとしたか〉という作者の意図、作者のいいたかったことは何かを考えるのではなく、作者が何を書いたか、つまり、テクスト自体が実際にいっていることは何かを問題にする。* そしてこれは実は作者や作家の軽視ではない。確かに作家は自己表現をしているように見えるだろうが、その表現を通じて自分自身を越えるものを作りたいとも願うものだ。情報化の進んだ現在ではやや想像しにくいかもしれないが、いつか誰が書いたかさえ判らなくなるほどの未来において、なおヒエログリフのように、あるいは『2001年宇宙の旅』のモノリスのように、自分自身を越え、時を越え、（つまりは自分のいいたかったことなど越えて）残る作品を作りたい。それが作家の究極の〈夢〉だろう。作家本人に何を書こうとしたか訊かなければ判らないような作品であれば、そんな〈夢〉など見ることはできない。作者がいちいち説明しなければ、その真価が理解されないような作品など、せいぜい持って五十〜百年程度だろう。そんな小さな〈夢〉を見るために人は芸術家や詩人になるものではない。

そこで〝作者の意図〟などという本質的に正解を持たない問題は忘れ、* テクスト、書かれていることだけを見てみると、「ソバカスのある少女」の「北の通り」は、どうも日本でさえないような気がしはじめる。「ソバカス」というちょっとバタくさい（西洋を連想させる）ことばがあるため、どこか外国のような気もするが、具体的にはどこだか判らない。結局、どこでもない場所、どこにもない通りなんじゃないか……という気もしてくる。

*ロラン・バルトは「物語の構造分析」（一九六六）で小説テクストの叙述（ナラション）と受容（レセプション）

を分節化するが、「いっていること」とはこの〈ナラション〉を指す（日本語版はみすず書房一九七九）。その分析を行ったのが所謂「ナラトロジー」だったと考える。一方〈レセプション〉の理論をさらに展開したのはたとえば後に引用するイーザーであると考える。

*作家自身にとっても、結局そこには恣意的な答えしかありえない。

〈夢のなかの街〉、〈どこにもない場所〉

そもそも、どこか現実のある場所を具体的に念頭に置いていたとしても、作家はその現実の場所を本当に書いているのだろうか。これはさらに〈文学的〉な問題だ。

フランスの現代作家パトリック・モディアノは二〇一四年ノーベル文学賞の受諾スピーチで、自身を都市を描く作家に属すると規定していた。* モディアノの都市といえばなんといってもまずパリだが、モディアノ作品にはそのままガイドブック代わりになりそうなほど細かくリアルにパリの街並みが描写されている。ところが本人は、自分の描いているパリは現実のパリではなく内面化されたパリなのだ、という（例えば « Paris, ma ville intérieur » dans *Nouvel observateur*, le 27/07/2007）。

*他にバルザック（パリ）、ディケンズ（ロンドン）、ドストエフスキー（サンクト・ペテルブルグ）などを挙げていたが、その中に荷風を加えていたのが印象に残る。https://www.youtube.com/watch？v=lNYhSZMZG4k（二〇二三年十二月十日閲覧）

そして、その意味は、作中に描かれた場所を回ってみると少しずつだんだん判ってくる。本で読んでいるかぎりあたかも現実のパリがそのまま写し取られているようだが、その場に実際立ってみると「あれ、どこか違うぞ……」ということに気づく。この角度からではそうは見えないとか、この位置からはちょっとそれは見えないとか、現実のままというよりも、頭の中で微妙に再構成されている、それはもうひとつの「パリ」なのだ。日本の場合（パリとは違い）そもそも街並み自体がごっそり変わってしまっており、こういう実感を得るのは難しいかもしれないが、本来ガイドブックやドキュメンタリーでないフィクション作品に描かれた街というのは、むしろ作家の思うその街、実は作家の頭のなかにしか存在しない、いわば作者の〈夢のなかの街〉、〈どこにもない場所〉になっている場合が多いだろう。

「ソバカスのある少女」がいるのは結局、そういうどこにもない、どこでもない場所であり、日本でもないし、特定の外国でもない。無国籍で、デラシネの、つまり地のどこにも足のつかないような不思議な印象がある。ふわふわとしたその浮遊感は、非日常的な、そして都会的な感覚へともつながるだろう。

「DOWN TOWN」と「アルファベットの名前順」

さらにシティポップの描く街が現実の街から遊離してしまう理由としてシティポップな

らではの要因もある。シュガー・ベイブ『SONGS』中でおそらく今でもいちばん有名な曲、「DOWN TOWN」のルフラン（コーラス）では、「DOWN TOWN へくり出そう」という歌詞が3度くり返される。この「DOWN TOWN」も、もちろんどこか特定の場所が作者の念頭にはあったかもしれない。しかしそれを「DOWN TOWN」と呼んだ時点で、そのどこか特定の日本の街と、歌の中の〝くり出す先〟は、やはり位相がずれてしまう。そしてニューミュージックの一部が「シティポップ」でもある理由がまたここにもある。そのずれ方のバイアスが都会的な方へ、〝街《シティ》の方〟へとかかっているのだ。「ソバカスのある少女」の「ソバカス」が〝バタくさい〟ように、「DOWN TOWN」も英語であり、ここには「洋楽」という窓を通して見た外国、特にアメリカへの憧れ、ファンタジーがあったことは確かだろう。しかしそれは決してアメリカでもない。荒井（松任谷）由実「中央フリーウェイ」（一九七六）のモデルは中央自動車道だというのは有名な話だが、つまり、シティポップにつながる「特に都会的なニューミュージック」で歌われるのは「フリーウェイ」が走り、五十音順ではなく「アルファベットの名前順」（松任谷由実「最後の春休み」一九七九）で名簿が作られている〈場所〉なのだ。それはやはり、そのままの日本でもないが、といって外国でもなく、〈どこにもない場所〉、〈夢のなかの街〉でしかありえない。*

*近年はインターナショナル・スクールが乱立しているが、戦前からあるミッション・スクールでは、無駄なところで西洋風を主張しなかったように思う。「ひっそりした長い廊下」は、事実そのままだったとしても。

「シティポップ・エイジ」――〝時代〟の終りと〝物語〟の始まり。

現実そのものではなく、現実（リアリズム）をベースにしながらも、むしろ理想化された、イマジネーションの中のリアリティ（フィクション）を描き出すことにこそ、その表現の眼目（ねらい）はあった。何々町の何丁目を「DOWN TOWN」と呼んでみる。中央自動車道を「フリーウェイ」と呼んでみる。そうすると、なんだかちょっと世界が変わる。少しだけ、気分がいい。その現実とはわずかに違う、現実に一枚ヴェールをかけて架空化した〈場所〉を生み出すためのフィルターを、ひと言で表すのが「都会的」というコンセプトだった。このセンスが肯定され、広く共有されたのが日本の80年代、すなわち〝シティポップの時代〟―The City Pop Age―だったということもできるかもしれない。平凡出版（後のマガジンハウス）の『an an』や『POPEYE』などが提案し続けた〝少し背伸びすれば届きそうな、ちょっと心地のいい生活〟はこの「シティポップ」的な、常に少しずつ理想化された「ファンタズムの街」をよしとするセンスに呼応していた。江藤淳いわく「カタログ文化の典型的反映」であるが、物質的に十分な豊かさは、円高・バブル景気でそれこそ手を伸ばせば届きそうにも思われた。情念とシラけの70年代は終り、クリーンで前向きな感覚が80年代の青春には広がった。しかしその80年代の束の間の〈夢〉は、91年湾岸戦争（Gulf War）開始と「バブル崩壊」を経て過去のものとなっていく。前世代、〝反ベトナム戦争、5月革命、70年安保〟という米仏日のムーヴメントのあとの世代に訪れたシラけた空気を再トレースするように、80年代的なセンスは否定され、〝少しの背伸び〟は耐え難い重荷として忌避されるようになった。80年代の〈夢〉は単なる「欺瞞」となり、〝ちょっと心地のいい生活〟や〝格好よさ〟を目指すこと自体むしろ格好悪い、格好をつけないことが逆に（格好）いい、という逆説が生まれた。そしてこの一種のアイロニー（皮肉）こそが、現代日本のその後の世代の社会的・政治的な無関心として、現状肯定に帰結する。まさに文字通りのアイロニーだが、しかしアイロニーも二十世紀とともに死んだのかもしれない（もはや機能しない、という意味）。

　ともかく時代の感覚として、格好をつけたもの、気取ったものを否定する、否定せずにはいられない、という合意が生まれ、そもそも宣伝文句として以外あまり使われていなかった「シティポップ」などという面映《おもは》ゆい呼び名はそのまま多くの人から忘れられ、ニューミュージックの次に訪れたのは、歌謡曲との垣根を持たない、いわば横並びの「Jポップ」の時代だった。

　インスタグラムやYouTubeでポストの多い、現在シティポップのコアと考えられている人たちを中心に据えれば、パースペクティヴ、事態の見え方はもう少し違ってくるかもしれないが、このあたりが今日シティポップと呼ばれることになった音楽を80年代に好んで聴いていたリスナーから見た、非常に足早なその略史である。* その後、シティポップが〝奇跡の復活〟を遂げるには、ソーシャル・メディアの誕生を待つほかなかったが、ここから先は、もはや周知の〝物語〟だろう。
〝時代〟は終り、〝物語〟が始まった。

*管見によれば、現在ソーシャル・メディアなどにポストされるシティポップはもう少し職業的な音楽家、井上鑑や林哲司、角松敏生などの作品が特に好まれ、このスタイルを世界的にも周知させたように思われる。しかし彼らもまた、本稿にここまでとりあげた音楽家たちとあらゆる意味で結びついているといえるだろう。

一九八〇年代日本の「都会小説」

「日本のニューヨーカー短篇集」⁇

80年代日本の都会的な短篇小説のアンソロジーを編纂するというアイディアを今回遂に実現することができた。この企画、そしてこれに近いラインナップは実は80年代当時から既に念頭にあり、折りにふれ編集者たちに話はしていた。というのも、自分の原稿の掲載された雑誌だけを見ていても、都会的なセンス、従来の日本文学とは異なる光や風、空気感を持つ短篇小説が自然といくつも目についたからで、こういう作品を集めれば都会的な、『ニューヨーカー短篇集』のような短篇集ができるのではないかと当時しばしば考えた。アメリカの雑誌『ニューヨーヨーカー』は、カポーティやアップダイク、サリンジャー作品等々の掲載誌として日本のアメリカ文学ファンにも当時は広く知られていたし、『ニューヨーカー短篇集』というアンソロジーだって何冊も出版されていた。その日本版がいまや可能なのではないか。そう話してみると、たいてい「確かにそうだね」という答えが返ってきた。ただ問題は〝ニューヨーカー短篇集のような短篇集〟というのはアイディアとしては判るとしても、例えば「日本のニューヨーカー短篇集」といったところで、当時実際『ニューヨーカー』誌に日本語の短篇小説が掲載されていたわけでなく、企画としてまとまるまでには至らない、というような話に落ち着いてしまうのが常だった。それが今回、当時の日本の「シティポップ」という音楽スタイルが広く知られるようになったのを機に、このキーワードに仮託して、「シティポップと同時代的な性格を持つ日本の短篇小説集」というかたちで実現可能となったのは、まさに千載一遇のチャンスだった。

　ここまで音楽編で見たシティポップのムーヴメントとは直接的には関係せず、また同人誌の時代も既に遥か彼方、音楽とは違い作家同士の共同作業などという機会も多くはなかっただろうが、それでも同時代の同じ状況を背景に、少なからぬ数の作家たちによる、音楽ともかなりパラレルな動きが文学の方にもあったと見ることができる。

『夏服を着た女たち』と「都会小説」――「シティポップ時代」と書籍

音楽編に書いたように、80年代の時代感覚は90年代、バブル崩壊以降とはかなり違っていた。書籍の世界でも前述の『ニューヨーカー短篇集』と銘打つアンソロジーが日本でも70年代には既に何巻も出版されていた。またよく憶えているのがこれも『ニューヨーカー』派の一人、アーウィン・ショウの短篇集が講談社から出ており、人気もとても高かった。『夏服を着た女たち』という標題で、装幀は和田誠（一九七九）。『ライ麦畑でつかまえて』や『星の王子さま』ほどではないにしろ、さり気ない訳題の秀逸さに大きく助けられたところもあっただろうが*、そんな瀟洒な本がロングセラーになるというのも80年代という時代、音楽の「シティポップ時代」に呼応する当時の空気を物語る、判りやすい一例だろうかと思う。*

*訳題『ライ麦畑でつかまえて』は原題『ライ麦畑のキャッチャー（捕まえ手）』の「手」を連用形の「て」に変えるという、「コロンブスの卵」的な閃きで永遠に記憶されるだろうし、「星の王子さま」の訳題が、仮に韓国語版のように「幼い王子」だったら今日ほどの輝きはなかっただろう。

*大貫妙子に「夏に恋する女たち」（一九八三）という三部形式のすてきな曲もあったが、これはTVドラマの主題歌で、題は既定だったのだろう。大貫さんが本当にメジャーになった（特別都会的なセンスを持たない聴衆にも受容された）一作として印象深い。そういえば大貫さんや山下達郎には音楽の授業でいうところの三部形式の曲が目立つが、これも当時の「シティポップ」の特徴かもしれない（〝頭サビ〟ということなのかもしれないが）。

早川書房版『ニューヨーカー短篇集』の帯には、大きくこう記されていた。

最も都会的な雑誌「ニューヨーカー」その「ニューヨーカー」に掲載された短篇小説こそ、あわただしい日常生活の哀歓を洗練されたタッチでさりげなく描く都会人のための都会小説。アメリカ文学を語る者は、「ニューヨーカー短篇集」に密かな重みを感ぜずにいられないだろう。

「都会」ということばが全面的に肯定的（ポジティヴ）なキーワードとなっているが、音楽、雑誌と同時に書籍のそんな状況を追い風に、従来の近代日本文学や西欧・ロシアの大文学でなく、英米の短篇小説の特に都会的なスタイルに陰に日向に影響を受けた作家たちが次々に現れてくる。

美学（エステティック）と文体（スタイル）〜収録作品（クライテリア）

本書に収録の作品はそれぞれあとに簡単な紹介も付すが、例えば片岡義男さんの場合はむしろこの時代状況を生み出した側に既にいた人だろう。したがって他の収録作や作家と同列に語ることができないのは断るまでもないが、その作風をアメリカ文学抜きに考えることもまたできないだろう。アンダーソンの『ワオンズバーグ・オハイオ』に影響を受けたとの発言を見かけた記憶もあるが、80年代の『POPEYE』誌の連載には例えばブローティガンなどを高く評価する寄稿もあり、当時小説を書こうとしていた若年層に与えた影響も少なくなかった。個人的には川西蘭さんにお目にかかった際、影響を受けた作品としてサリンジャー『ナイン・ストーリーズ』を挙げたところ、川西さんもペイパーバックを買いよく読んでいたということだった。直接的な影響をどれほど自覚しているかは各自それぞれだとしても、本書に収録した短篇は何らかのかたちで翻訳文学やアメリカ短篇小説の影響を偲ばせるところがある。大きく抽象的に捉えれば、美学と文体のふたつの面ということになろうが、まず具体的にいちばん判りやすいのが舞台や道具立てで、シティポップと同様、都会的な街の生活を描いて、非都会的な関係性や社会からは遊離する傾向がある。現実のリアリティをそのまま描こうとするのではなく、やや理想化されたイマジネーションの中の世界を描くことをよしとしている点でもシティポップと共通するが、そこにはやはり〝翻訳文学の描く世界〟への一定の憧れもあるだろう。「外国」であるのみならず、既に見たようにそれは文学の中の〈どこにもない場所〉、〈夢のなかの場所〉でもあった。

文体としても翻訳文学の影響は色濃く、短いセンテンスやドライな描写への傾斜が見られるが、その背後には翻訳（あるいは英語原文）から学んだ構文や話法への意識がある。英語は（例えばフランス語と比較しても）非常にクイックで、またクリスプに物語を進めていくことに適している。英語やフランス語の話法のしくみは基本的に日本語の〈語り〉とは異質だが、それでも翻訳文を通じて伝わる感覚はあり、それをなんとか日本語に上手く取り込めないかという試みもなされていたと思う。また、これも英米文学に端を発する軽妙な、工夫を凝らした会話へのはっきりとした好みもあったし、アメリカン・ショート・ストーリーに見られるような鮮やかなパンチライン、くっきりとした〝落ち〟への愛着も広く共通している。このあたり、スタイルと美学は絡み合い、分節化できないところがあるが、アメリカの短篇小説、特に往時の『ニューヨーカー』スタイルの短篇は、大きくいえば「ミニマリズム」文学に属していたと考えることもできる。つまり端的にいって〝事件〟は何も起こらない。取り立ててどうということのない日常が描かれて、また登場人物にも特筆すべき特徴はない。そういう「ミニマル」な筋立て・舞台・人物というところで語られる物語、という基本がある。* したがって、パンチライン、〝落ち〟といっても、あっと驚くどんでん返しなどというより、さり気ないひと言がぴたりと決まる、それで「ああ、やられた……」と思わせる。あるいは、すとんと腑に落ちる。そういう締めくくりが目指されていた。今回収録した作品がこれらの要件をどの程度満たしているかは読者諸兄姉のご判断を仰ぎたいが、編者の選択にはこのあたりの基準が念頭にあった。つまり、美学と文体の面において翻訳アメリカ短篇小説の影響を受けた、80年代日本のミニマリズムの都会短篇小説、というのが本書の収録作品の一応のクライテリア（目安）ということになる。

昔日のアメリカン・ショート・ストーリーやニューヨーカー・スタイルのファンの間には、80年代の日本の作家の書いたものなど似ても似つかぬと感じる人も多いだろう。とはいえ当時、日本の短篇小説にそれまでの日本文学とはまた肌合いの違う作品が出てきたことは確かだし、そこにアメリカを中心とした翻訳文学の影響があったこともまた間違いのないところだろう。

*なお「ミニマリズム」は欧米から見ると日本文化の特徴でもある。俳句や家具のない畳の間などは、まさにミニマリズムを体現するものと考えられている。文学のミニマリズムは、取るに足らない些細なことに語るべき価値を見出す。その意味で、『ニューヨーカー』とそのスタイルが80年代に大変好まれたことはむしろ本質的には日本的な好みに根ざしていたと見ることもできよう。また日本近代文学史的には〝「話」のない小説〟という芥川のモダニスト的なコンセプトもあわせて想起されるところかもしれない（「文芸的な、余りに文芸的な」一九二七）。

「リアリティ」とリスク・テイキング

川西蘭さんの発言を回想して、さらにふと思い出したことがある。川西さんのデビュー作『春一番が吹くまで』（一九七九）は、シンプルな構成の小品だが、当時の若い読者には忘れがたい印象を広く残した。多少なりとも奥行きのある文章が好きなら、いま例えばラノベを「ヒロインが可愛い」という理由で読んでいる読者などにもぜひ一読を薦めたい。ここで川西さんが描いたヒロインほど魅力的に女の子の書ける作家は今日でもそうおいそれとはいないだろう。

そんなこの中篇は、TVの二時間ドラマとしても映像化され、多くの読者がこれを視聴しただろうから記憶に残っている人もいるはずだが、このTVドラマ版の『春一番が吹くまで』は、原作にまったく書かれていないことが最後に起こる。ヒロインのユウコ（演じるは当時人気の若手女優だった今井美樹）が、なんと誘拐・監禁されて、襲われるのだ。そんなバカな……と絶句した読者がほとんどだろうが、それこそ当時の映像畑の人たちを多少なりとも知る身としては、信じがたいこの改変に至る思考経路はかなりリアルに想像できる。

『春一番が吹くまで』も、典型的なミニマリズムの小説だった。つまり、大したことは何も起こらない。ただ、思春期の若者の目に映る世界と、心の動きが描かれるところにその眼目がある。したがってごく単純に、この（ミニマリズムの原作の）ままでは「ドラマ」にならない、という判断があり、このくらいのこと（誘拐・監禁）が起きないと、この作品には「リアリティ」が出ない、と考えたのだろう。「ドラマ」というのはこの場合、フィクション物語としての筋立て、プロットの問題だが、特筆すべき事件の起こらないミニマリズムの作品は視聴者に訴える判りやすい〝見せ場〟に欠け、そのままでは映像化するのが難しい。その問題を、当時はふつうに「リアリティ」のなさ、「リアリティがない」といい表していた。そしてこれは、翻訳文学に影響を受けた当時の日本の都会的なミニマリズム文学に対する、メインストリーム側の一般的な反応、理解とも一致するものだろう。取り立ててどうということもない内容が書かれている作品は、取り立てて内容のない作品だ。しかも描かれている世界は、都会的で物質的な＝浮薄な日常に過ぎない。文学作品にはもっと重要な内容がなくてはならない、というような。その評価の当否をいまここで問うつもりはないが、確かに例えば『春一番が吹くまで』のユウコはふわふわ気ままに生きてる女の子だった。お嬢さん育ちで、気まぐれで、初対面の予備校の男の子にふらふらついて行ってしまう。人並みに悩みだって抱えてはいるが、もちろんそれは「取るに足らない」レヴェルの悩みなのだろう。それをそのまま映像化することはできない。それでは映像化に値しない。「リアリティ」がなく、「ドラマ」にならない。

しかし、自由気ままにふわふわ生きてる若い女の子の生活なんて、このくらいのことが起きないと「リアリティ」がない、というのは、つまり、本来このくらいのこと（誘拐・監禁）があって「当たり前」、それで当然だ、ということでもある。当時の映像制作者にそんな意識はまったくなかっただろうが、今日の感覚では、これはかなりはっきりとしたミソジニーではないだろうか。つまりそこには相当あけすけな女性嫌悪（恐怖）が刻まれて見える。では自由気ままにふわふわ生きている若い男の子たちだったらどうだろう。やはり「このくらいの」目に遭わないと「リアリティ」がない、ということになるのだろうが、するとこの「リアリティ」なるものには、だんだん性別を超えて、いわば「女性嫌悪」ならぬ「人間嫌悪」のようなものが透けて見えてくる。さらにはそれは、自分の内面の小さな感情ばかりを見て（たとえば、ミニマリズム文学のように）自由気ままにふわふわと生きている人間には、社会というのは本来この程度の攻撃を加えるものである、それくらいで当然である、という感覚と合致する。ここには、社会そのものに対する本質的な嫌悪、敵対的関係性が潜在している。

シティポップに比すべき日本の文学は何かという問いにはさまざまな答えが可能だろうが、今回、本書がここで同時代、80年代日本のミニマリズム都会文学のなかから改めて見出したのは、とりわけこのような「嫌悪」から可能なかぎり身を離し、遠ざかろうとした小説でもあった。もちろんそんな試みは、そもそも問題の「嫌悪」や敵対的関係性を胚胎していなければ生まれはしないし、またその試みの成功の度合もまちまちだろう。ベスト・エフォート、というしかないものだが、しかしどの作品からも、少なくともその試みが、見る目を持つ人の目には見てとれるだろう。

コンヴェンショナルな認識では、だがそれは「現実の社会に正対しない」態度と同定される。その結果、日本文学の主流からは等閑視される危険性があり、事実ここに選んだ作品はどれも日本文学史的には閑却されてしまった。しかしその選択を、主流派の評価より自らの文学的美学を優先した（してしまった）リスク・テイカーであった、と評価することもできる。

今日もなお、それを「リアリティ」がないという人は主流派かもしれない。シティポップなんか軽薄だ、単なる「洋楽」の借り物で中身がない、と思う人たちがかつてはたくさんいたように。けれどそれを面白い、だから好き、と思う人もまたいるはずだ。それでいいのだと思う。

収録作品紹介――ライナー・ノーツ

以下に収録各作品をなるべく手短に紹介しておく。まず一作目は**片岡義男「楽園の土曜日」**。ミディアム・ビートで全体に楽観的な空気が流れており、全編の導入にふさわしい。『エスクァイア日本版』での初出の際に瞥見していたが、それが初収の角川文庫版（『恋愛小説一九八八』）を読んでみると、最後の〝落ち〟、パンチラインが微妙に書き換えられているのに気づいた。僅かな変更で作品全体がさらにぐっとよくなっており、片岡さんの巧さに改めて舌を巻いた記憶がある。この作品のナラション（語り）は、現代日本の標準的な「三人称」叙述に比較的近い。日本語として違和感のないように、問題なく一人称にも置き換えられるよう書かれている。ただし日本語としては、偽装された一人称と考えるべき指標もなく、クリーンな〈語り〉を保っている。注意して見ていると、片岡さんのナラションの人称性は作品によって繊細に変わる。日本語としてはほぼ限界に近い三人称、カメラ・アイと主体不在の文で進む『彼女が風に吹かれた場合』（一九八二）から、日本文学の標準的な、自伝体を模した一人称の主観表象に近い『海を呼び戻す』（一九八九）まで。日本の四季は、二週間ずつ変わる。片岡さんは、そう何度か感嘆を込めて書かれていたが、その伝でいくと、片岡さんのナラションの人称性は日本の四季のように繊細に変わる。そのあたりを感知しながら読み出すと、片岡さんの作品はまた一段と面白くなる。

次に**川西蘭「秋の儀式」**。これはアパレル・メーカーのPR誌が初出だったため原稿料もしっかり出ており、川西さんが持ち前の巧さに走った、ウェルメイドな都会短篇になっている。個人的な見解だが、作家は原稿料が高ければ高いほどウェルメイドな作品を書き、安ければ安いほど個人的趣味に走る節がある。ポップで巧い原稿が欲しければ、だから稿料を弾むのがなにより確実だろう。前述の通り女の子を魅力的に書くのが人一倍うまかった川西さんだが、ここには注文通りの短い文字数のなかに切り詰められたほぼ究極のかたちで、その力が最も無駄なく行使されている。各作家や作風にもよるだろうが、作中人物を魅力的に描きたいと思う小説家は決して少なくはないだろう。人物が魅力的であればそれだけで読んでくれる読者もいるだろうし、そのほうが書いていて楽しいと思う作家もいるはずだ。さて。では例えば女の子を文章で可愛く書きたければどうすればいいか。それにはまず、欠落を描くのが最も簡単だ。安全策としては痩せている、痩せっぽちで痩せぎすで、女性らしいところはないもない、と書いてしまう。現代の西欧的な文化圏では痩せていることは肯定的にも評価されるので、その意味でも無難な手だが、同時にやはり女性としての豊かさ、豊満な魅力には事欠くと、これは欠落を描いていることになる。そのうえで、その子の魅力的な言姿を描いていけば、読者は、いや、しかしこの子は魅力的な女の子じゃないか、と考える。つまり、この子は魅力的な女の子であるとは書かないで、読者自身に「この子は魅力的なんだ」と考えさせる。するとそれは、単純に「彼女は魅力的な女性だった」と書かれてしまっているものを読むよりも、読者自身によっていわば摑みとられる分実感として強く残る。これを昔は「活字を立てる」などと呼んだりもしていたが、文学理論ではヴォルフガング・イーザー『行為としての読書』（一九七六）が読書行為理論、受容理論として理論化している。また谷崎潤一郎が『文章読本』（一九三四）で「文章に穴をあける」「間隙を作る」と呼んだ極意ともこれは通じる。最近の若い人は谷崎の『文章読本』など読まないのかもしれないが、終盤に雑誌読者の投書をとり上げ、谷崎が具体的に推敲してみせる部分があり、これが非常に判りやすい。文豪自ら手取り足取り教えてくれるものなので、ぜひここだけでも読んでみてほしい。現代のソーシャル・メディアにポストする人たちにも必ず参考になるはずだ。*実はまさしくこれこそが、われわれの学んだ昭和時代の「推敲」というものだった。

*ここでは女性キャラクターを魅力的に書く、という特定の問題に限定したが、直接的に書かずに読者自身に答えを〝摑ませる〟ことによって実感を与えるというテクニックは他のあらゆる場合でも用いることができる。理論的な裏付けはイーザー『行為としての読書』にある（岩波書店二〇〇五年リイシュー。品切れ絶版の場合、公立や大学の図書館で探せばある。電話でも問い合わせられるし、ネットで検索も可能：https://calil.jp/ など）。

説明が長くなったが「秋の儀式」に戻れば、川西さんはここでヒロインをはっきりと「とりたてて美しい女の子ではない」とまで書いている。というか、ほとんどぬけぬけと書いているとさえいいたいところで、なにしろヒロインを可愛く書きたいと思う気持ちのある作家には、これはなかなか書けることではない。しかし要は本質はここにあるのであって、もしこう書いた上でヒロインを魅力的だと思わせられたら、最小限のジェスト（身振り）で最大限の効果を引き出すことになる。ここを読んだ瞬間、やられたなぁと思い、こんなことをやられたら、もうこの人には絶対勝てないなぁ……と呆気にとられたのを憶えている。

管見のかぎり川西さんの巧さの短篇、掌篇での好例はこの一作にとどめを刺す。あるべきものが、あるべき場所に全部ある。隅々まで、素晴らしい。80年代日本都会短篇アンソロジーのラインナップとして見ても最適ではと思っていたが、今回はそこに「シティポップ」というテーマが重ねられるため、やはりこちらも収録しなくては、と考えたのが**「マイ・シュガー・ベイブ」**で、これは初出の『すばる』一九八五年三月号では「シュガー・ベイブ」という標題だった。音楽編にも書いた通り、シュガー・ベイブはシティポップの中でもその最初期に属するオリジネーターだったと考えられる。そのバンド名が作品タイトルになっていたのだから、文字通りシティポップと当時の日本の短篇文学が交差した類稀な例といえるだろう。この作品は『すばる』誌での同じサイズ、やや長めの短篇連作の開始を告げる第一作で、作品集『ラブソングが聴こえる部屋』（一九八六）としてまとめられる同シリーズの後々の作品に比べても、川西さんとしてはトップ・ノッチとまではいえないかもしれないが、アメリカ文学の影響がこの作品でも随所に感じられ、その点でも本アンソロジーに収録すべきクォリティがある。特にここでは〝tall tale〟への愛着を指摘しておきたい。アメリカ文学の初めから、つまり、たとえばマーク・トゥエイン以来、川西さんも愛読したというサリンジャー、そして現代米作家にまで脈々と受け継がれる、これはひとつの伝統といっていい。*

*LAAD（Longman Advanced American Dictionary）は「tall tale」をこう説明している：a story that is difficult to believe, because it makes events seem more exciting, dangerous etc. than they really were. ありそうもないほど面白おかしく誇張した話。つまり現代日本語でいうところの「盛りまくった話」だろうか。英語の不自由な人のための辞書、みんな大好きLAADを引いている人は今はもう少なくなったかもしれないが、英語を学んでいた頃にこの辞書を持っていたらなぁ、といま引いても本当に思う。英語が好きで非英語母語話者なら、この辞書は持っておいたほうがいい。

今回、かつて送っていただいたトレヴィル刊の短篇集なども念のため読み返してみたところ、当時はヒロインの可愛さばかりに気をとられていたが、そういえば川西さんは作品の時間構造に常に関心を持っている作家でもあった。もしリアリズムで（ファンタジーの手法を用いず）時間構造自体がプロットになっているような作品を書いてくれたらぜひ読んでみたいという気がする。*ほかにもあれこれ思うところはあるが、総じていうなら、続けてどんどん読んでいくと、川西さんの短篇はかなり面白い。やや気分がメゲるような夜にも、そうだ、明日も川西さんの短篇を読もう、と思うと少し楽しみが出てくる。そういう貴重な作家のひとりだと思う。

*蛇足ながら付言しておくと、ここに挙げた点では片岡さんと川西さんは対蹠的だ。片岡さんはストレイトに美人とまず書いてしまうことから始めるし、時間構造などは滅多に意識させない（ただし時系列順《クロノロジック》の叙述は錯時的《アナクロニック》な叙述と同じかそれ以上に人工的である点には注意）。テクニックや方法論に正解はない。「正解」は、作品や演奏、試合の方に存する。文学でも音楽でもスポーツでも、それは同じことだろう。

銀色夏生さんの最初の単行本『黄昏国』（一九八五）を書店で見た時のインパクトは忘れがたい。まさに80年代を特徴づける、シグニチャーな書籍のうちの一冊だった。それ以前に作詞家として既に銀色夏生さんは抜群に優れた作品を書き広く知られていた。個人的な思い出だが、作詞家のお姉さん二人の前に座らされ、二人がかりでこんこんと「そして僕は途方に暮れる」（大沢誉志幸一九八四）がいかにすごいかという説明を受けたことがある。「見慣れない服を着た　君が今　出ていった」。このたった冒頭七小節で、出ていく君の気持ち、見送る僕の気持ち、風や光の感じ、空気感まで、その時のすべてが一打一撃でみんな判る、というのだ。つまり情景、イメージ（画像）として一瞬で理解させてしまう。そういえば当時はハリウッドの商業的な映画でも、開始一分以内のタイトルバックで舞台がどこで主人公の仕事は何で、結婚してるのか、恋人はいるのか、子どもはいるのか、趣味は何なのか、何を誇りにしてるのか、暮らしぶりはどうなのか等々、全てを伝えるような導入部を持つ作品がよくあったが、それと同じような効果を持っている。*

*なお、この時の二人のお姉さんとは、麻生圭子さんと戸沢暢美さんのことである。

しかしそれ以上に、日本の歌の歌詞は、近代歌曲以来、情景をまず描いていってそこから心象に入ってゆく、というひとつの伝統を持っていた。それが90年代以降、プロの作詞家の衰退とともに、ただ単に「思い」を羅列し連呼するだけのような、誰もの目に浮かび共有される情景、普遍的なイマージュを持たない歌詞ばかりが目立つようになった。あるいは洋楽のいわば〈歌詞内容〉に近づいたといえるのかもしれないが。80年代前半の銀色夏生さんの作詞家としてのキャリアは、この日本近代歌曲の詞の伝統の最後の輝き、頂点を記すものだったのかもしれない。

「夏の午後」は、そんな銀色夏生さんがその後最も短篇小説に接近した作品集『夕方らせん』(一九九六)初収。同書では「真空広場」もセンシュアルで不思議な空気の漂う作品で捨てがたいが、強い伝染力のようなものがあり本書全体のトーンを変えかねない。そこで次に見る沢野作品と同じ問題系からもまた読むことのできるこちらを択んだ。*本アンソロジー内の整合性のためリアリズムに近いことも収録の基準になったが、『夕方らせん』には「月の落ちる池」という稲垣足穂と谷崎潤一郎「蘆刈」（一九三二）の魅力をあわせ持つような作品も入っている。足穂ライクな短篇を書いても当時銀色夏生さんの右に出る人はいなかった。その意味でモダニズムの文脈から当時の銀色作品を分析することも可能だろう。

*山川さんの部分に追記したとおり、当初は山川さんの作品の収録を前提に「真空広場」でバランスが取れる、と考えていた。経緯はそちらにやや詳しいが、銀色夏生さんには必要以上にお手数をおかけし、お詫びしたい。

沢野ひとしさんの**「プリズムをくれた少女」**は子ども時代の回想で、一見「シティポップ」という線からは外れるが、今回のアンソロジーを数十年前に着想した時から必ず収録したい作品だったため許諾が得られて嬉しかった。この作品との出会いは、それこそ川西さんの主人公のように（夏期講習ではなく冬期講習だった気もするが）通っていた御茶ノ水の、書店店頭にあったサイン本（『ワニ目物語』一九八三）だったと思う。イラストレーターとして大活躍していた沢野さんの仕事も当時は知らなかったので、まったく偶然の出会いだったが、自分でも小説を書き始めていた時期であり、一読非常に感服し、こういう作品をぜひ自分も書きたいといろいろ考えてみたが、結局うまくいかなかった記憶がある。*

今回のアンソロジーのクライテリアの中では、アメリカ文学のエッセンスともいうべきイノセンスの問題と本作は直接的に関わってくる。サリンジャーも、カポーティも、フィッツジェラルドも、マーク・トゥエインも、このイノセンスという概念を抜きにして論じることはできないだろう。「シティポップ」と同時代日本の都会短篇小説に、翻訳小説、就中アメリカ短篇小説、ニューヨーカー・スタイルのこだまを読みとる本アンソロジー収録の各作品においても、イノセンスというテーマは常に伏流しているといえる。沢野さんご自身のアメリカ文学との影響関係は不明だが、本書の中ではいちばん明確にこの主題が前面に現れた作品として、その中心に本作を位置させることは極めて妥当であろうと思われる。*

*トレヴィル刊の第一短篇集（一九九一）に習作として当時書いたヴァイオリンの話を収録しておいた。

*アメリカ文学とその影響を受けた80年代日本の短篇文学のみならず、当時の日本ではさらに一般にもイノセンス、イノセントという概念が力を持った時代だった。ポップ音楽においてはそこに佐野元春の1～2枚目のアルバム（一九八〇／一九八一）の果たした役割は大きかったと思うが、プロデュースはシュガー・ベイブ「DOWN TOWN」にも参加の伊藤銀次だった。その「イノセンス」の価値を決定づけるとともに（当時のポップ音楽の可能性としては）終焉をもたらしたのも、同じく佐野さんのスマッシュ・ヒット、「サムデイ」（一九八一）だったといえるだろう。

諸兄姉の旧作を収録しておきながら自作の再録は憚る、というわけにはいかないので、九〇年『文藝』春季号初出の「かぼちゃ、come on !」を収録させていただくことにした（執筆は八九年とぎりぎり80年代だった）。いま読み直すとさすがに気が遠くなる部分の連続だが、自分で自作を評するわけにもいかず、代わりにここでは〝著者による覚書き〟をひとつ記しておくと、この標題は当時のカップ・スープのTV広告でのタレント・小泉今日子の台詞だが、そもそもこの作品になぜ「かぼちゃ」が出てきたかには別の起源がある。それは小学校1年生の時、初めての担任の先生が、最初の授業参観日の前日に「明日はお家の方が授業参観にいらっしゃいますが、皆さんはいつもどおり、ふつうに勉強すればいいのです。後ろに並んでいるのは、お家の方の頭ではなくて、みんな、かぼちゃだって思えばいいんですよ」とおっしゃった。そのことばが念頭にあった。思えば、大学を出たばかりの新任の若い先生は、ご自分でも初めての授業参観だったのだろう。子どもたちへと同じだけ、だからそれは自分自身へも向けられたことばだったのかもしれない。おそらくこの先生のことを憶えている人は少ないのではないかと思う。その学年が終わるよりも前に、学校を辞めてしまわれたからだ。今回このアンソロジーを作りながらふと思い出したのだが、先生はタバタ先生というお名前だった。いまもどこかでお元気でいらっしゃるだろうか。いつか機会が与えられたら、もう少し先生の話も書いてみたいという気がした。

原田宗典さんの**「バスに乗って　それで」**も初出の『月刊カドカワ』八七年七月号で気がつ

き、最初はごく軽い気持ちで読み始めた作品だった。原田さんはデビュー年だけみると編者と同じ八四年組だが、後年面白コラムで文字通り一世を風靡したことが記憶に残る読者も多いだろう。この作品も回顧的に見ると少し仕立てを変えれば同様のコラムにも十分なりそうな内容で、そういえば小林信彦さんが当時の面白コラム（多く生まれた亜流含め）に対し、随分手厳しい評価をなさっていた記憶がある。小林さんといえば片岡義男さんとの記念碑的な対談集『昨日を超えて、なお…』（一九八〇）も忘れがたい。片岡さんもまたどこかでジェリー・ルイスのような笑いは評価しない、と書かれていたように思う（であれば新旧メインストリーム・メディア、インターネットとTVの近年の内容など見るに耐えないのではないかと思うし、その点には同感もするが）。そこまでの美意識は当時編者にはなく、ふつうに気楽に読み進めていたのだが、最後まで来て、その結末、パンチラインに、これは参ったとつくづく嘆息した。昔作詞家の戸沢暢美さんが、岡村靖幸「イケナイコトカイ」（一九八八）の詞について「あれは私が書きたかったよねー」としみじみいっていたのを思い出す。妙ないい方だが、しかしその気持はよく判るのであって、この原田さんの短篇も、初出時はこれよりもっとコンパクトな原稿だったということもあり、もしこういうものをどんどん書かれたら、これはちょっと歯が立たない、もう、ちょっと短篇なんか書けないなぁ……と思ったほどだったが、前述のとおり、その後原田さんは面白コラムの方へ進まれたので、その心配は杞憂に終わった。しかしこの時の印象は強く記憶に残り、これも今回、真っ先に収録を考えた作品だった。片岡さんがすごいとか川西さんが巧いとかいったところで、まぁ、それはそれで……と考えられる心の余裕もまだどこかにあったが、原田さんのこの作品を読んだ時は、まさに暗澹たる思い、最もシリアスな意味で「トホホ」な気持ちになったのである。

この作品に関連しもう一点付言しておくと、アメリカ文学、英語にはあって日本語に欠けているものとして、さらに所謂「cursing」、呪詛のことば、悪態の問題がある。昔は洋画の字幕を見れば、何でもかんでも「畜生!」になっていたくらいで、現代日本語にはこのヴォキャビュラリー、表現が欠落している。そもそもサリンジャー『ライ麦畑でつかまえて』(一九五一)がかつてアメリカの図書館で禁書扱いとなったのも、内容ではなく最後に出てくる「F-word」のためではなかったか。今日からみるとやや理解しにくいかもしれないが、80年代当時としては本邦の〝都会派〟短篇作家たちがこの点に問題意識を持つのは決して不思議なことではなかった。この点はここで指摘しなければ後世からは回収されにくいと思われるため一応記しておく。

山川健一さんにも収録をお願いしたが、山川さんといえば何しろロックが看板なので「シティポップ」をキーワードに編纂するアンソロジーなどとは一線を画したい、という意向があるかもしれない——とはいえ、松任谷由実の自伝『ルージュの伝言』(一九八三)の聞き書きを行ったのも山川さんだったし、関係ないとまではいえないのではないか……などと心配していたが、案の定、クリスマス休暇に入り二〇二三年年末が押し詰まっても許可が下りなかったため、やはり「ポップ」ではだめだったのだろうと諦めて、この解説も脱稿した。ところがその後許諾のお返事が届き、一転収録が実現した。楽屋話で恐縮だが、そういうわけで山川作品についてはそもそも不許可と考えて本書全体の内容はまず完成した。いま急遽この文を追記しているわけだが、仮に山川さんの許諾が得られると判っていれば、銀色夏生さんは「真空広場」を収録し、「かぼちゃ、come on！」（平中）と三作で、ややセンシュアルなラインも当時の日本の短篇都会文学にはまたあったという主旨のアーギュメント、立論も可能だったかもしれない。今回は「夏の午後」と川西さん「秋の儀式」、沢野さん「プリズムをくれた少女」、という並びで、〈イノセンス〉というひとつのテーマ系を形成したが、分節化次第ではさらに多様な〝物語〟を孕んでいたのが当時の都会小説だった。山川さんの作品は、初期の連作などが角川文庫にミント・グリーンのきれいな背表紙で当時入っており、個人的にはかなり気に入って読んでいた記憶も懐かしいのだが、今回、このアンソロジーでは、発表が一九九三年（週刊プレイボーイ別冊）とやや80年代のスコープをはみ出るものの、前述の「センシュアルなライン」の可能性を実は念頭に**「テーブルの上にパンはないけれど、愛がいっぱい」**の収録をお願いした。すでに挙げた聞き書きの例をはじめ、多様な原稿を執筆する山川さんはオールラウンドな作家であり、「シティポップ」という枠組みには（ロックだから、というだけでなく）到底収まるものではないだろうが、*改めて読み返してみると、この並び、この位置で、この作品はとてもいい感じに個性を光らせているように思う。

*ただし作家がフィクションと同時にノン・フィクションに取り組むことにもまたアメリカ文学のレファランスがあり、『ニューヨーカー』派の系譜をそこに見ることも可能かもしれない。

最後に**片岡**さんの作品からももう一作、**「鎖骨の感触」**（角川文庫『私は彼の私』一九八六初収）を収録しておく。片岡さんのナラションの人称性の繊細な変化については既に言及したが、その効力はプロットや道具立て、そこに描かれる内容と嚙み合った時、最大限に明らかになる。片岡作品でいうと「瞬間最大風速」（一九八二）のナラションなど、誰が読んでも圧巻の傑作だと判るだろう。前半はいつもの片岡さんの「メロディー」ともいうべき男と女の出会いの〈お話〉だが、後半、車中からの台風の描写が始まると、世界はまったく変わってしまう。〝伝家の宝刀〟ともいうべきカメラ・アイが恐ろしいまでに冴え渡り、まさに固唾を呑んでパニック映画を見ているような、こんな叙述は決して余人にはできまいと思える作品となっている。……しかし、片岡さんのその〝腕〟自体は、何を書いてもそこにある。台風の猛威を描いても、彼女の鎖骨の小さな動きを描いても。

今回のアンソロジーは音楽のシティポップと同時代的な、英米翻訳短篇文学に影響を受けた

80年代日本の都会的なミニマリズム文学、というひとつのクライテリアで集成してみたが、大きくいって、これは美学と文体を基準にした標定だった。一方、小説テクストの理論分析では、70年代以降〈物語叙述〉と〈物語内容〉をまず分けて考えることが基本になっている。これはフランスであればリセ（高校）で文系（旧Bac L）を選択すれば授業で教わった可能性も高い、初歩の初歩だろう。物語理論のこの分析では美学の面は捉えられず、例えば今回のように「シティポップ」と同時代的な日本の文学作品を割り出すことはできないが、それでも、その〈物語内容〉から見ても、今回収録した作品にはひとつの共通点がやはりある。既に述べたように、それは都会的な理想化——あるいは内面化——された世界での、取り立てて重要でないことが描かれているという点だ。確かに作品の評価においては、作品が〈いかに語られているか〉と〈何を語っているか〉、このふたつを分離することは難しい。聴こえてくる音楽の演奏のよさをメロディーのよさから切り分けて考えるのが難しいように。しかしこのふたつを分離しなければ、取り立てて重要でないことが語られている作品は、作品そのものが重要でないと思えてしまう。つまり〈物語内容〉と作品を同一視（混同）してしまうという事態が起こる。その結果、小説（物語）とは〝情報〟であり、書かれている内容（情報）を理解すれば小説を理解したことになる→飛ばし読み（速読、早回し）で〝情報〟を得ればいい→粗筋を知ればいい、それで等価だ、ということにもなる。* つまり、究極的には小説を粗筋とほぼ同一視してしまうことになる。しかし、詩を内容に要約すれば、その詩は完全に力を失ってしまう。それと同じく、小説作品も粗筋に還元すればその本来の機能を失ってしまう、とイーザー(前記)は指摘している。*

*本書準備中現在の流行語に「タイパ」(時間的効率性)があるが、授業を早回しで聞かせても試験の点数が落ちなかったという一例を挙げている報告も瞥見した。しかしそれは授業の中身が早回しにすべき内容だったからで、パリ大や東大の授業ではむしろ遅回しにしてほしい部分さえあったと個人的には記憶している。

*イーザーの主張は、つまり小説は〈物語内容〉に還元できない、ということでもある。〈物語内容〉は各物語作品のイデアではなく、各作品からいわば逆算的に(または回顧的に)生成される最大限の縮約版ともいえる。その生成された〈物語内容〉からさらにまた別ヴァージョンを生み出すことはもちろん可能だろうが(再話)。

回顧的には、やはり80年代日本の都会短篇文学が軽視され閑却されたのはひとつには、理想化された都会の些細な日常という〈物語内容〉自体が、深刻な、シリアスな問題とは認識されなかったからではないだろうか。つまり〈物語叙述〉と〈物語内容〉を分節化しない読書の限界がそこにある。例えば、それこそ片岡さんの「スローなブギにしてくれ」(一九七五)のような作品がメインストリームとしてより評価されていたら、その後の日本文学の流れは違っただろうし、より評価されて然るべき作品だったと改めて読み返せばそう思う。

そういうわけで、最後に収録しておきたいと考えたこの「鎖骨の感触」も、どこがすごいのかさっぱり判らないという人はたくさんいるかもしれないが、本アンソロジーの掲げた「美学」からいえば、まさに掉尾を飾るに相応しい、究極的な、ミニマリズムの都会短篇小説だ。男と女と(その彼女の)鎖骨。たったこれだけで小説ができる。80年代の日本では、こんなとんでもない作品が、しかも極めてコマーシャルなかたちで普通に書かれていたのだということを、特に若い読者やこれから小説を書き始める人たちに伝えておきたい。そんな意味でも、最後にこの短篇を読んでみてほしい。〝共感〟を求める、などといった表層的な問題に目を奪われている人には、決してこんな作品は書けはしない。

他にも収録したい作品はいくつかあったが、著者の許諾が得られず叶わなかった。もちろんその気持は同僚としてよく判る。よく知らない人に、意味のよく判らないアンソロジーに収録させてくれといわれたら、断るのは当然だろう。しかも何十年も昔に書いた、あるいは現在のスタイルや美学とはまったく異なる作品を今さら改めて世に問うのも気がひける。

再び「シティポップ」のたとえを引けば、かつて松任谷由実が、自分の作品には圧倒的な自信があるので編曲（アレンジ）はどうなっても構わない、という趣旨のことを述べていた記憶がある。その意味で、快く掲載を許可していただいた今回の収録作品は、やはりここに選ばれるべくして選ばれた、「シティポップ」と同時代の一九八〇年代、日本の都会文学の決定版と呼ぶにふさわしいラインナップとなったのではないだろうか。この場を借りて収録作品の著者の皆さんに心からお礼を申し上げたい。何よりもまず最初に、著者のみなさんがこれらの作品を書いてくれなければ、このアンソロジーが捉えようとした80年代日本の都会短篇文学というエコール自体も存在しなかっただろうし、またこのアンソロジーが生まれることも決してなかったわけなのだから。

おしまいに、やはり田畑書店と担当して下さった大槻慎二さんに改めてお礼を申し上げたいが、それはこのアンソロジーの出版をふたつ返事で引き受けて、ああ思ったりこう思ったりする編者に忍耐強くお付き合い下さったということだけでなく、そもそも記憶の中から本書の企画が甦ったのは、田畑書店のホームページを見たからだった。過去の刊行物、近刊一覧を眺めているうちに、あれ、この並びが可能な出版社なら、昔考えたあの都会小説のアンソロジーも可能なのではないか、と思ったのだ。その瞬間、それに今なら「シティポップ」も話題だし……と閃いた。そういうわけで、田畑書店のラインナップがもしなければ、この本はアイディアとしても生まれなかったといっていい。

またヴィジュアル・ワークとして、最初は『ニューヨーカー短篇集』を念頭に、アメリカのポップ・アートでの装幀を考えたが、次には「シティポップ」という意味でやはり「A LONG VACATION」や「FOR YOU」（共に前記）のアルバム・ジャケットにつながるイメージにすべきか、と考えた。しかし「シティポップ」をいま現在、新しい音楽として聴いている若い世代、日本だけでなく、海外のリスナーへのヴィジュアル面でのリーチということを考えて、Spotify で偶然見かけた Sarah Kang のジャケットを担当していた Deisa に依頼してみることにした（二〇二三年十一月二十七日付）。新しい革袋に古い酒、という趣向である。その結果、コロナと会社移転で既に大変だった大槻さんをさらに振り回してしまい申し訳なかったが、期待どおり、気持ちを動かすいい作品を描いてきてくれた。今の若い世代から見たシティポップ、という感覚もしっかり入って、未来へつなぐ一冊になったと思う。Thank you, Deisa, you're the best!

平中悠一

【著者プロフィール】

片岡義男（kataoka Yoshio）
1934 年生まれ。74 年、「白い波の荒野へ」で小説家としてデビュー。75 年、「スローなブギにしてくれ」で野性時代新人賞を受賞。
https://kataokayoshio.com

川西蘭（Kawanishi Ran）
1960 年生まれ。79 年、文藝賞に応募した『春一番が吹くまで』で作家デビュー。

銀色夏生（Gin'iro Natsuo）
1985 年、作品集『黄昏国』で単行本デビュー。
https://gironatsuo.com

沢野ひとし（Sawano Hitoshi）
1944 年生まれ。イラストレーター。76 年に創刊された「本の雑誌」の表紙・本文イラストを一手に引き受けている。91 年、第 22 回講談社出版文化賞さしえ賞受賞。
https://twitter.com/sawanohitoshi

原田宗典（Harada Munenori）
1959 年生まれ。84 年、「おまえと暮らせない」が第 8 回すばる文学賞に佳作入選しデビューする。小説のほかエッセイや戯曲も多数執筆。

山川健一（Yamakawa Kenichi）
1953 年生まれ。77 年、「鏡の中のガラスの船」が群像新人文学賞の優秀作に選ばれデビューする。以後、ロック世代の旗手として次々に作品を刊行する。
https://yamakawa.etcetc.jp

【底本一覧】

片岡義男「楽園の土曜日」　『恋愛小説』（角川文庫、1988年）
川西蘭「秋の儀式」　『Seven Stories』（オペラマジック、1995年）
銀色夏生「夏の午後」　『夕方らせん』（新潮文庫、2001年）
川西蘭「マイ・シュガー・ベイブ」
『ラブ・ソングが聴こえる部屋』（集英社文庫、1990年）
沢野ひとし「プリズムをくれた少女」
『ワニ眼物語』（本の雑誌社、1983年）
平中悠一「かぼちゃ、come on ！」『文藝』（河出書房新社、1990年春季号）
原田宗典「バスに乗って　それで」『時々、風と話す』（角川文庫、1989年）
山川健一「テーブルの上にパンはないけれど、愛がいっぱい」
『冬・恋の物語』（集英社文庫、1994年）
片岡義男「鎖骨の感触」　『私は彼の私』（角川文庫、1986年）

平中悠一（Hiranaka Yûichi）

パリ大学修士課程修了、東京大学大学院博士課程修了。最新刊は同大学院に提出した博士論文『「細雪」の詩学』。フランス文学の翻訳や長篇小説『僕とみづきと切ない宇宙』『アイム・イン・ブルー』などの既刊がある。1984年度文藝賞受賞。1965年生。

ホームページ　https://yuichihiranaka.com

フェイスブック　https://www.facebook.com/yuichihiranaka.page

田畑書店

シティポップ短篇集

2024年4月　5日　印刷

2024年4月10日　発行

編　者　平中悠一《ひらなかゆういち》

著　者　片岡義男　川西蘭　銀色夏生　沢野ひとし
平中悠一　原田宗典　山川健一

発行人　大槻慎二

発行所　株式会社 田畑書店

〒130-0025　東京都墨田区千歳2-13-4　跳豊ビル301

tel 03-6272-5718　fax 03-6659-6506

装幀・本文組版　田畑書店デザイン室

印刷・製本　中央精版印刷株式会社

Printed in Japan

ISBN978-4-8038-0430-0 C0093

定価はカバーに表示してあります

落丁・乱丁本はお取り替えいたします